青春的荣耀·90后先锋作家二十佳作品精选

高长梅　尹利华◎主编

我在勐巴拉等你

楼屹　著

九州出版社 | 全国百佳图书出版单位

图书在版编目（CIP）数据

我在勐巴拉等你 / 楼屹著. -- 北京：九州出版社，2013.5
（2021.7 重印）

（青春的荣耀：90后先锋作家二十佳作品精选 / 高长梅，
尹利华主编）

ISBN 978-7-5108-2149-3

Ⅰ.①我…　Ⅱ.①楼…　Ⅲ.①长篇小说－中国－当代
Ⅳ.①I247.5

中国版本图书馆CIP数据核字（2013）第113836号

我在勐巴拉等你

作　　者　楼　屹　著
出版发行　九州出版社
地　　址　北京市西城区阜外大街甲35号（100037）
发行电话　（010）68992190/2/3/5/6
网　　址　www.jiuzhoupress.com
电子信箱　jiuzhou@jiuzhoupress.com
印　　刷　北京一鑫印务有限责任公司
开　　本　720毫米×1000毫米　16开
印　　张　12.5
字　　数　190千字
版　　次　2013年6月第1版
印　　次　2021年7月第6次印刷
书　　号　ISBN 978-7-5108-2149-3
定　　价　38.00元

小荷已露尖尖角（代序）

高长梅

长江后浪推前浪，是自然规律，也是文学发展的期待。

80后作家曾风光无限——韩寒、郭敬明、张悦然等大批80后作家已成为中国当代文学的生力军，他们全新的写作方式、独特的语言叙述，受到了青少年读者的追捧。

几年前，随着90后一代的成长，他们在文学上的探索也逐渐进入人们的视野。

2006年，《新课程报·语文导刊》（校园作家版）创办时，我在学校调研，中学生纷纷表示，希望报社多关注90后作者，多培养90后作家。那年年底，我在南昌参加中国小说学会小小说年度排行榜评选时，与学会领导和专家聊起90后作者的事，副会长兼秘书长汤吉夫教授对我说：看现在的小说创作，80后势头很猛，起点也高，正成为我国小说创作的生力军，越来越受到文学评论界的重视。你有阵地，就要多给现在的90后机会，文学的天下必定是属于新一代的。副会长、著名散文家、文学评论家雷达博导，副会长、著名文学评论家李星编审都高兴地表示，今后会逐渐关注这些90后的孩子，还表示可以为他们写评论。2007年年底，中国小说学会在报社召开中国小小说年度排行榜评选会议，几位领导还专门询问90后作者的创作情况。

2009年，著名作家、茅盾文学奖获得者、解放军总后勤部创作室主任周大新到报社指导，听到我们介绍报社非常重视90后作者的培养，而90后作者也正展现他们的文学天分，报社准备出版一套90后作者的作品选时，周主任静下心来仔细翻阅那套书的部分选文，一边看一边赞不绝口，并表示有什么需要他做的他一定尽力。周主任的赞赏让我们备受鼓舞，专门在报上开设了《90先锋》栏目。这个栏目一推出，就受到90后作者、读者的欢迎。

2010年，著名报告文学作家、学者，中国图书奖、五个一工程奖、鲁迅文学奖获得者王宏甲到报社指导，见到报社出版的《青春的记忆·90后校园文学精选》及报上的《90先锋》专栏文章，大为赞赏，并称他们将前程无量。之后不久,我们决定出版《青春的华章·90后校园作家作品精选》。这套书收入18个活跃的90后作者的个人专集,也是90后第一次盛大亮相。曹文轩、雷达等为高璨作序,著名文学评论家李少君、张立群为原筱菲作序,著名评论家胡平为王立衡作序。此外,还有一大批中国作家协会会员如刘建超、蔡楠、宗利华、唐朝晖、陈力娇、陈永林、邢庆杰、袁炳发、唐哲(亦农)、孟翔勇、倪树根、李迎兵、杨克等都热情地为90后作者作序推荐。他们在序中都高度评价了这些90后作者的创作热情、创作成绩。当然也客观地指出了一些值得注意的问题。

90后作者的成长也引起了文学界的重视,他们当中不少人都加入了省级作家协会,尤其是天津的张牧笛还于2010年加入了中国作家协会。他们以自己的灵气、勤奋,正逐渐走向中国文学的前台。

张牧笛、张悉妮、原筱菲、高璨、苏笑嫣、王立衡、李军洋、孟祥宁、厉嘉威、李唐、楼屹、张元、林卓宇、韩雨、辛晓阳、潘云贵、王黎冰、李泽凯等无疑是这一代的代表。这其中我特别欣赏原筱菲。她不仅诗歌、散文等写得棒,美术作品别有特色,摄影作品清新可人。在报刊发表文学作品、美术作品、摄影作品2700多篇(首、件)。还有苏笑嫣。不仅诗歌写得好,小说也受评论家的好评。尤为可贵的是,她完全依靠自己的能力行走文学,却不去借助自己父母的关系走丁点捷径。还有张元。一个西北小子,完全凭自己对文学的执着,硬是趟出自己未来的文学之路。还有韩雨。学科公主,加上文学特长,使得她如鱼得水。

著名文学评论家白烨曾发表文章将40岁以下的青年作家群体细分为"70年代人"、"80后"和"90后"。他评价,90后尚处于文学爱好者的习作阶段。从创作来看,青年作家普遍对重大历史事件有所忽视,对重要的社会问题明显疏离,这使他们的作品在具有生活底气的同时,缺少精神上的大气。不过,在他看来,这些年刚刚崭露头角的90后有着不输于80后的巨大潜力。(转引自《南国都市报》2012年9月18日)

但不管怎样,成长是他们的方向,成长是他们的必然结果。

这次选编这套书,就意在为90后作家的茁壮成长播撒阳光,集中展示90后作家的创作实力。我们相信,只要90后的小作家们能沉下心来,不断丰富自己的阅读以及丰富自己的社会积累,努力提升自己写作的内涵,未来的文学世界必然会有他们矫健的身影和丰硕的成果。

我们期待着,读者也期待着!

目录
CONTENTS

目录 CONTENTS

一、一只挂在树上的风筝

　　一抹夕阳静静地洒在青石板上，街的尽头走来一个穿着青布大褂的男孩，衣服显得有点长，瘦小的身子被严严实实地裹在宽大的衣服里，他的双脚虽然瘦长了些，但有力的脚步像鼓槌敲打着路面的青石板发出踢踢踏踏的响声。

　　"哎呀，我的风筝飘到树上去了！"忽然一个尖尖的惊叫声引起了男孩的注意。

　　"风筝？"男孩循着声音找去。

　　勐巴拉是一个古老的城镇，居住着傣、汉、哈尼、拉祜、布朗、彝和基诺等十几个少数民族，沿街的一些居民大都是以制作手工艺作品为生，主要生产一些编织品、皮画等土特产，但很少有风筝。

　　"快来呀，帮帮我……"

　　男孩快步跑到河边的大坝旁，只见一个小女孩一手拼命扯着线头，另一只手朝他乱挥。男孩抬头一看，原来一只粉色的风筝被挂到一棵大树上，紧紧地缠绕在树杈上，女孩的脸紧张地抖动着，眼睛睁得大大的，怕一不小心风筝就会跑了似的。

　　"别怕！"男孩笑着对女孩说，"你拉得越紧，它就缠得越紧，更下不来了。"

　　"那怎么办呀？"小女孩的眼眶里滚动着晶莹的泪珠。

　　"我有办法！"男孩胸有成竹地回答。

　　女孩一脸疑惑地望着男孩，男孩一下子脱掉了外套，往双手的手心里吐了一下口水，搓了一下，走到大树前，抱着树干就往上爬。

"哎哎哎……"女孩方才明白过来,想拦已经来不及了,只能在树底下大声喊着,"小心,别摔下来!"

"放心吧……"树上的男孩越爬越高,好不容易爬到树杈上,他小心翼翼地把风筝一层层朝着反方向绕回来。

这时,一阵风吹来,男孩挂在树杈上摇摇晃晃的,眼看就要掉下来了,吓得女孩哇哇大叫道:"算了,快下来吧,这个风筝我不要了。"

"不行!"男孩坚定地回答。

"那就扯断风筝上的线团!"女孩在下面又叫道。

"不行!"男孩还是那么坚定。

终于缠在树干上的线团被绕回来了,他轻轻拿过风筝,紧紧地拥在怀里,顺着树干滑了下来。

小女孩接过风筝,激动的热泪夺眶而出。

"谢谢!我还以为再也拿不回这只风筝了呢!"

"谁说的,只要我在,没有办不成的事!"男孩朝小女孩挥了一下拳头。

小女孩这才发现男孩的手臂和身上被树枝划破了好几道口子,隐隐地渗出血来。

"你受伤了。"小女孩连忙取下头上的围巾,轻轻帮男孩擦拭着,"对不起,对不起……"

小女孩的眼泪又要往下掉了,男孩最见不得女孩子哭了,连忙说:"没关系。你这只风筝真好看呀!是你做的?"

"是的。"女孩点点头,"不过是爸爸和我一起做的。"

"你爸爸?"听了女孩的话,男孩才想起了小镇上最近来了一户人家,好像是从北面一个城市到这个古城来的,会不会就是小女孩一家?

"你们是从北方来的?"

"嗯。"

"难怪这么脸生。"

男孩重新审视了一下眼前的小女孩,瘦瘦的,小脑袋瓜只到他的肩膀上高出这么一点。一双大大的眼睛里闪烁着晶莹的泪光,分明是刚才的泪水还没擦干净;两条细细的辫子拖在脑后,随着身子的晃动一跳一跳的;身上穿着一件红底碎花的紧身衣服,下面穿一条淡蓝色的长裤。

"小不点，你叫什么名字？"他问道。

"我不叫小不点，我叫林竹影。"

"几岁了？"

"十岁了。"

"才十岁，比我小两岁多呢！"

"你叫什么名字呀？"

"我叫袁黎，大家都叫我阿黎郎。"

"阿黎哥。"女孩扭过头冲他甜甜地叫了一声。

阿黎郎笑了，他是家里的独子，还没弟弟妹妹呢，眼前突然跑出一个女孩叫他阿黎哥，怎么不让他感到自豪。

他伸手拿起袖口轻轻拭去女孩脸上的泪珠，他很想知道一个远离家乡的女孩是怎么越过千山万水来到这个偏僻的小镇。

"你怎么来这儿了？"

"放暑假了，爸爸妈妈带我来看姨姥姥。"

"姨姥姥？"

"就是镇西边的纳西姥姥！"

原来是纳西姥姥！男孩眼前立刻浮现一位慈祥的老奶奶，每天挎着一个篮子，在屋前晒着各种药材什么的，如有游客路过看中她晾晒的药材，她就顺便卖一点给路人。听说纳西姥姥还略懂医道，镇上缺医少药，远近都有人会找纳西姥姥来要药材。她待人热心，来者不拒，总给人一种亲和感，邻家有什么人头疼脑热的，都会送点药材给邻居治病，不取分文。

"纳西姥姥还给我看过病呢！"

"真的？"

"嗯，原来你们是纳西姥姥的亲戚！"

"是的，我们的家乡是在海滨，离这儿很远。"

"海滨？"

"是呀，就在大海的旁边。"竹影用手比画着，"很大很大的海，比这里的海大多了。"

"真的？"

"当然啦，我爸爸说，其实这里不是真正的海，只能算是河。"

"可我们一直都叫海的,我从小就听我奶奶讲海的故事。"

"以后我也带你去我家乡看看,你就知道海有多大了。"

"你带我?你才多大呀?"阿黎郎笑了,露出一排雪白的牙齿。

"我已经四年级了,马上就要上五年级。明年暑假后我就要进初中预备班了,到那时我就可以带你去看大海了。"竹影很认真地说。

阿黎郎望着眼前这个小不点的女孩,白里透红的脸上显得孩子般的坚毅,于是他点点头说:"我信!我信!"

二、雕刻店的骏马

小镇上的人口不多,也就百十来户人家,平时除了来这里旅游的,很少有人到这儿走动,谁家要是来了什么亲戚,不用介绍很快就一传十,十传百了。

这会儿阿黎郎带着手捧着大风筝的竹影朝着镇子的中心走来。

"你看,这就是我家的店。"阿黎郎指着前面一家店铺对竹影说。

"哇,好漂亮的店!"竹影赶紧跨进了店大门。

这是一家雕刻店,造型各异的雕刻制品摆得满满的,一只只老虎趴着虎视眈眈,一头头大象显得健壮敦厚,机敏的猴、顽皮的狗,还有少女的婀娜身材,老人的飘逸长须,拥抱者的手臂……竹影一会儿看看这个,一会儿又摸摸那个,惊讶得把嘴张得大大的。"这是什么?"竹影指着一个大大的、红红的嘴唇问。

"是嘴巴呀!"

"干吗把嘴巴画得那么大呀?"

阿黎郎哈哈笑了起来,学着大人的口气回答:"这是接吻者的唇,等你长大了就知道了。"

"接吻?接吻是什么呀?"

这下阿黎郎被问住了,其实他也不知道接吻是什么,看着竹影期望答案的目光,想了想说:"吻就是被人亲一下的意思,接吻大概就是口对口亲一下吧。"

"口对口?口水巴巴的,很不卫生的!"很显然,竹影对这个答案很不满意。

阿黎郎摊了一下手,表示出无奈的样子。

"你看,这匹马刻得很好!"竹影终于转移视线了,阿黎郎松了口气。

这是一幅雕刻的骏马,画上高大的白马正仰天长啸,头上一片蓝天。

"这是谁刻的?"

"是我爸爸刻的。"

"你爸爸真行!"

阿黎郎被竹影一夸奖,变得兴奋起来,紧跟着说:"我以后也要跟我爸爸一样刻一匹很高很大的马来。"

"不过,你要再刻两个孩子。"竹影一本正经地提出自己的要求。

"两个孩子?"

"是呀,一个你,一个我。"

"噢,明白了,把我们两个人一起刻上去?"

"对呀,我们一起坐在马上多威风!"

"好好好,一定!"

"阿黎郎,这是谁家的闺女呀?"这时,旁边忽然有人问。

阿黎郎回头一看,原来是奶奶。

"奶奶,你好!"还没等阿黎郎开口,竹影就先开口了。

"真是个好孩子,这么乖!"奶奶笑得合不拢嘴。

"奶奶,她是镇西边纳西姥姥家的亲戚。"

"原来是纳西姥姥家的!"奶奶一把拉过竹影到跟前,横看竖看,一个劲地夸:"多水灵的孩子!"

"阿黎郎,把奶奶做的粑粑拿来!"

"哎!"阿黎郎一阵跑步朝后面厨房跑去,很快端了一大盘子黄灿灿的粑粑来。

"来,孩子,尝尝奶奶做的粑粑!"奶奶边说边抓起大把的粑粑往竹影的手里塞。

"谢谢奶奶!"玩了一个下午的竹影这时觉得肚子真的有点饿了,于是把手里的粑粑分了一半给阿黎郎:"阿黎哥,你也饿了吧,我们一起吃!"

竹影的一举一动都被奶奶看在眼里,奶奶疼爱地把竹影搂在怀里说:"好孩子,跟你纳西姥姥一样善良!"

夕阳西下,竹影起身告别:"我要回家了,否则妈妈会着急的。"

"你喜欢什么?我送你几样雕刻。"阿黎郎顺手拿了几样东西递给她。

"不不,拿走一件就少一件了,我喜欢这里琳琅满目的样子。"

阿黎郎想起了什么,走到铺架上,取下了那匹木雕的骏马,双手递给竹影:"我知道你喜欢这匹马,就送给你吧。"

竹影爱不释手地看了又看,最后还是坚定地还给了阿黎郎:

"等你以后把我们刻上去再送给我吧。"

"好,一定!"

淡淡的光芒照射两个孩子的身影,阿黎郎替竹影拿着大风筝,送她往镇的西边走去。

三、纳西姥姥病了

迎着夕阳的古城很有岁月沉淀的魅力,这个古镇虽小,但在南宋时期就初具规模,已有八九百年的历史。小镇位居河坝的中心,四面青山环绕之中,有一片碧绿的清水萦回,酷似一块碧玉,到了明朝时,人们就把这古镇称为"勐巴拉镇"。

纳西姥姥家就住在镇子的西边,镇边有一条大路弯弯曲曲地通向闻名的玉龙山峰。这里过往的行人特别多,纳西姥姥家虽然不经商,但地处镇子的进出要口,凡是路过的行人总是喜欢买一些纳西姥姥家院子里晒的那些正宗的药材,生意虽不红不火,但从来也没有间断过。

自从竹影一家来看望纳西姥姥,人们听说竹影的母亲叶蕴涵是北方城市里一家大医院的医生后,镇上的邻居们生病干脆不去省城了,直接就来纳西姥姥家。

"我家到了。"

阿黎郎把大风筝递给了竹影。

竹影接过风筝,朝阿黎郎挥挥手说:"阿黎哥,再见!"

"嗯,再见!"他站停脚步,远远地看着竹影蹦蹦跳跳走进姥姥的院子。十二岁的阿黎郎此时竟有了从来没有过的依依不舍。

竹影一到家就发现妈妈的脸色不对,会不会是下午玩得太晚了?她有点忐忑不安,刚想上前跟妈妈解释,想不到妈妈先开口了:"快去看看姨姥姥吧,她病了呢!"

"什么?"竹影愣住了。中午吃饭时,她看见姨姥姥还是好好的,怎么一下子就病了?

竹影连奔带跑走进纳西姥姥的房间。纳西姥姥斜躺在床上,脸色白白的,见竹影走进来,便伸出手去。竹影连忙拉着纳西姥姥的手说:"你怎么啦,姨姥姥?"

纳西姥姥有气无力地回答:"没事,躺一会儿就会好了。"

"姨妈,您这是太累了,好好休息几天吧,这里的活儿留给我和致远吧。"叶蕴涵在一边抱怨道。

"这几天天气不好,病人特别多,加上山坡上的庄稼已经够你们两口子忙的了,哎,我怎么就说病就病了呢!"纳西姥姥深深叹了口气。

"您就别操心了,再忙也不能累倒您呀!"这时竹影的父亲林致远也踏进了家门,接上叶蕴涵的话头说。

"竹影,好好照看姨姥姥。"叶蕴涵说完朝林致远使了个眼色就朝门外走

去,林致远会意地跟了出去。

走到屋外,叶蕴涵看看周围没人,轻声对林致远说:"姨妈的情况不好呢!"

"怎么了?"林致远看着叶蕴涵一脸严肃,知道情况不妙。

"姨妈的病不是三两天累的,是长时间积累下来的。"

"什么病呀?"

"现在还说不准,因为这里的医疗条件实在太差,没有仪器检查,很多病是无法确定的。"

"那怎么办呢?"

"最好是送到省城去检查!"叶蕴涵口气很坚定。

林致远沉思了很久没说话。

这一切都被偷偷跟在后头的竹影听见了。竹影的眼泪不由得一串串掉了下来。她知道从小姨姥姥就很疼她,每年总会托人给远在海滨的她带来这里的土特产,每次都还托来人带几张她的照片回去给姨姥姥看看。现在姨姥姥病了,怎么办呢?这一夜,他们全家都没睡好。

其实纳西姥姥并不是纳西人,而是汉族。纳西姥姥年轻的时候来这里旅游,被这里的美景迷住了,于是就留了下来。也有传说,她遇上了一位很帅的纳西族男青年,两人相爱了……不管是因为古镇的美景还是纳西族的帅哥,她后来终于成了纳西族的媳妇,并永远留在了玉龙山下。

只可惜纳西姥姥并没有生育,按照纳西族的风俗,如果女方没有生孩子,男方可以另娶女子成婚,可是那位纳西小伙子坚持不离不弃,与纳西姥姥相濡以沫了几十年后终于去世,留下她孤身一人留在这异乡客地,邻里乡亲敬佩她的为人,送了她一个尊称叫"纳西姥姥"。

现在纳西姥姥病了,叶蕴涵每天都要接待来自镇里的病人,林致远忙里忙外,照看纳西姥姥的事就搁在竹影一个人身上了。

竹影已经好几天都没去放风筝了,阿黎郎每天都会跑到河边的大坝旁去等那个手拿风筝的小女孩,一连好几天了,大坝上连个风筝的影子都没有。终于有一天,阿黎郎忍不住了,跑到镇子西边,远远地,他就看见有人搀扶着病人进出纳西姥姥家,他很想进去看看究竟,但又不敢造次,只是站在对面的小坡上呆呆地看着。

忽然,他看见一个瘦小的影子从屋里闪出,是竹影!

阿黎郎拼命朝她招手,可是竹影只顾低着头拿起一盆水就进去了。

"哎!"阿黎郎狠狠敲了一下大腿,一屁股坐了下去。他靠在一棵大树上,百般无聊地望着天空。

夏日的勐巴拉古镇,碧天如水,上面雪峰皎皎,下面岗峦碧翠。可是这样美好的景色在阿黎郎眼里竟成了淡而无味的一碟小菜。阿黎郎一手拿着一片树叶含在嘴里,另还有一只手枕在脑后,眯起眼睛看这云层,阳光透过树荫照在他的身上,渐渐地,他的眼睛闭上了,睡着了……

朦胧中,只听有人呼他:"阿黎哥,醒醒!"

"谁?"阿黎郎觉得声音好熟悉,就是想不起来。

那声音见阿黎郎没反应越发提高了:"阿黎哥,醒醒!"

阿黎郎终于醒了,他睁开眼睛,原来是竹影站在他的面前!

"阿黎哥,你怎么会睡在这里?"

"我在等你呀,这几天都没见到你的人影。"

"姨姥姥病了呢!"

"难怪,你已经好久没出来放风筝了。"

"你就一直这样等着?"

"嗯,坐在大树底下竟迷迷糊糊睡着了……"

"地上凉,不能睡,否则会生病的。"竹影想起了妈妈常说的这句话,马上现学着对阿黎郎说,"我去倒杯热水给你喝!"

竹影说完就朝家里走去,不一会儿,她端了一杯热气腾腾的水走到阿黎郎跟前说:"还热乎着呢,快喝吧。"

"哇,很香呀,这是什么?"

"咖啡。"

"咖啡?"阿黎郎惊奇地问,他知道在这个偏僻的乡村里,咖啡被视作是奢侈品。很少有人喝过。

他喝了一口说:"很苦!"

"是有点苦,但能提神。"

"你哪来的咖啡?"

"这咖啡就是我爸爸从国外带回来的。"

"你爸爸?"

"是呀,我爸爸在欧洲留过学,又在那里工作了一段时间,现在回来了。"

"你爸爸叫什么? 是干什么的? "

"我爸爸叫林致远,是大学教师! "竹影自豪地回答。

"大学教师? "阿黎郎不明白大学教师为什么会到他们这个穷乡僻壤来。

竹影见阿黎郎惊奇的样子,不由得笑了起来,学着爸爸的样子,把手放到后面,然后咳嗽一声一字一顿地说:"别看这个穷地方,可到处藏着宝藏呀! "

"真的?! "阿黎郎惊地跳了起来。

"骗你是小狗! "竹影认真地告诉他,"我爸爸是搞地质研究的,到这里来就是为了研究一种叫什么、什么的矿……"

他想起来了,他经常看见有个高大的男人背着一只大背包朝镇外走去,不知他在忙什么,大概这就是竹影的父亲吧。

"你爸爸是来找矿的? "

"我爸爸不是来找矿的,是来研究矿石的。"

阿黎郎越听越糊涂了。

"就是把不同的石头分别放在一个个瓶子里,然后再研究。"

"放在瓶子里研究? "

"是呀,就是把瓶子里的石头看了又看,然后弄碎了,在瓶子里灌满了水再看。"竹影似乎很在行地解释。

阿黎郎还是没听懂,不过心里却升起一个念头,以后一定要到竹影家去看看这些瓶子里的石头。

"明天我来你家帮忙! "阿黎郎语气坚定地说。

"真的? 那太好了! "竹影高兴得跳了起来。

四、竹影摇窗风已轻

第二天一大早,阿黎郎一起来就往竹影家跑去。还没进门就大喊了一声:"竹影,我来了。"

里屋的竹影闻声连忙跑了出来,一看是阿黎郎顿时就乐了,裂开嘴巴就笑着说:"你真的来了?"

"当然了,昨天说好要到你家来帮忙的!"

"嗯嗯,谢谢你!"竹影说完就把手里的竹篓交给阿黎郎:"来,我们一起把这药材拿到院子里去晒。"

"好啊!"阿黎郎接过竹篓就朝院子外走去,竹影跟在他后面。

勐巴拉的早上是那么的清澈透亮,昨晚刚下过一点小雨,清晨雨停了,明丽的阳光让这个古老的城镇流露出一层透明的质感,金色的清辉撒在湿漉漉的青石板上,家家户户的屋檐轮廓变得清晰起来,整个街道洗净铅华,恢复了原有的古典优雅。

竹影把院子前前后后都打扫干净,把一张很大的油毡铺在地上。阿黎郎把竹篓里的药材一排排放在油毡上,两只手不停地摆弄着。

"纳西姥姥好点了吗?"

"还没呢。"

阿黎郎担忧地望着一旁的竹影,不由得深深地叹了口气。

"怎么了?"竹影抬起头疑惑地看着阿黎郎。

我在勐巴拉等你

"没什么,我只是担心……"

"不用担心,妈妈说,过几天就带姨姥姥去省城检查呢!"

"去省城?"阿黎郎猛地一惊,他知道这里的人不到万不得已是不会把病人送到省城这么远的地方去看病的,何况竹影的母亲还是医生呢。

"你们全家都去?"阿黎郎又追问了一句。

"爸爸大概也去吧,他正好要去省城的大学办些事情。"

"那你呢?"阿黎郎停下了手中的活问道。

"还不知道呢!"竹影的脸上爬满了愁云,"也许会跟妈妈一起去省城医院,也许会跟爸爸一起去省城大学办事。"

"为什么不把你留下呢?"

"妈妈说,没人照顾我,她不放心!"

"谁说没人照顾你!"阿黎郎拍了拍胸脯说,"我算一个,还有我奶奶!"

竹影乐了,哈哈大笑起来,指着阿黎郎说:"你有多大呀!还能照顾我?"

"我比你大好多了,还有我的力气也大。不信,你看!"阿黎郎双手拿起一块石头往上举了起来,嘴里还一个劲地说:"像不像举重运动员?"

竹影一看阿黎郎的脸都憋红了,连忙说:"像!像!快放下!"

阿黎郎这才一下子把石头摔在地上,竹影忙从口袋里取出手帕,踮起脚尖帮阿黎郎擦去额上的汗珠子,然后撅着嘴说:"多大呀,不就大了两岁多嘛!"

"两岁就有两个 365 天,两岁半是……"

"是 912 天!"还没等阿黎郎算出来,竹影就连忙回答。

"呵呵……"阿黎郎不好意思地拍了一下自己的脑袋。

"我三岁时,妈妈就教我识字了!"竹影自豪地说。

"那我考考你!"阿黎郎想了一下说,"先把你的名字写一下!"

竹影找了根树枝在地上当笔画着,很快就写出了"林竹影"三个大字。

"嗯,写得不错。"阿黎郎接着说,"能把'竹影'两字造句吗?"

竹影一声不吭,又在地上画了起来。不一会儿,一行大字出现在阿黎郎的面前:

"樵雨夜话正浓情,竹影摇窗风已轻。"

阿黎郎一下子愣住了,本来他想说自己好歹上到小学六年级了,可以在竹影面前摆摆谱了,想不到竹影这么早就识字了,看来不能小瞧了眼前这个小女孩!

两人忙了一个上午,快中午时分,叶蕴涵把两个孩子叫进屋里,端了两碗白白的面条过来,微笑地对阿黎郎说:"你们都辛苦了,没什么慰劳你们,阿姨煮了两碗鸡蛋面条,也不知你爱吃吗?"

　　"爱吃!"阿黎郎从小就爱吃面食,看见这会儿端了碗面条过来,也不客气,接过筷子就大口大口地吃了起来。

　　竹影和叶蕴涵都笑了,叶蕴涵对竹影说:"你也快吃呀!"

　　"哎!"竹影也学着阿黎郎的样子大口地吃了起来。

　　就在这时大门外传来一声:"竹影啊,我们家阿黎郎在吗?"

　　叶蕴涵闻声连忙站了起来,阿黎郎已经听出是奶奶的声音,大声应道:"我在这儿呢!"

　　奶奶笑着与叶蕴涵打招呼:"没在你这里添乱吧?"

　　"奶奶说得是哪里话!这孩子乖着呢!"叶蕴涵笑眯眯地一个劲夸阿黎郎,"他帮我家不少忙呢!"

　　"是吗?"奶奶疼爱地抚摸着阿黎郎的头,"没添乱就好!"

　　"奶奶,我才不添乱呢!"阿黎郎歪着脑袋朝奶奶吐了一下舌头。

　　"阿黎郎,忙了半天你也累了,快跟你奶奶回去吧。"叶蕴涵话刚说出口,就被竹影用脚踩了一下。

　　"妈……"竹影一脸的不高兴。

　　"明天我再叫阿黎郎来,好吗?"奶奶微笑着也用手抚摸了一下竹影的头发安慰道。

　　阿黎郎跟着奶奶走了,一路上,他一句话也没说,只是闷着头。

　　阿黎郎的父亲高长黎是奶奶的独生子,阿黎郎自然就是高家唯一的独苗了。高长黎有着一手好手艺,是这镇上最好的雕刻工艺匠。妻子袁辰辰不但漂亮,而且精明能干。高长黎一天到晚忙着手里的活,还经常帮助袁辰辰跑外销。阿黎郎没人照看,从小就跟着奶奶一起过,就像是奶奶的一根小尾巴。

　　这会儿,奶奶看着阿黎郎低着头不说话,心里挺纳闷的,赶紧走上几步问:"你这是怎么了?是不是累了?"

　　许久他才没头没脑地说了一句:"奶奶,我们把竹影领回家来好吗?"

　　"把竹影领回家?"奶奶被弄糊涂了。

　　阿黎郎把林致远和叶蕴涵要带纳西姥姥去省城看病的事告诉了奶奶。

"她母亲不放心她一人在家,要带她一起去省城呢!"阿黎郎说出了自己的担心。

原来是这样!奶奶这下才明白了。

"孩子,别担心,都是街坊邻居的,这点忙还是要帮的。明儿我就跟竹影她妈妈商量一下,把竹影接到咱家来!"

"真的?奶奶,你真好!"阿黎郎一把抱住奶奶的腰乱喊乱叫的,弄得奶奶一个踉跄差点没摔倒。

"这孩子……"奶奶边笑边埋怨道。

五、爸爸妈妈去了省城

几天后,叶蕴涵带着纳西姥姥去省城医院了,林致远也一起走了,其实他早就想去省城的一所大学的实验室里把他的那些石头作一次详细的化验,可纳西姥姥病了,一下子把他的计划打乱了。

纳西姥姥坐着乡亲们送的竹制轮椅,叶蕴涵推着轮椅,林致远背着重重的行李,后面跟着小竹影。

街坊邻居都站在路口一一目送着这位纳西姥姥,多日不见,姥姥瘦多了,但还像往常那样对乡亲们点头微笑着。

阿黎郎和奶奶也在送行的人群中,一看见竹影就一阵小跑奔到她跟前问:"我们不是说好了,有我和奶奶照顾你!"阿黎郎着急地看着竹影。

"我这是送姨姥姥呢!看你急得一头汗!"竹影连忙解释。

"噢,吓我一跳,我还以为你也走了呢!"阿黎郎这时一颗心才放进肚里。

叶蕴涵走到阿黎郎奶奶跟前停住了脚步,郑重地把竹影的手放进奶奶的手说:"奶奶,竹影就拜托你了!"她转身又对竹影说:"以后要听奶奶的话!"

奶奶连声说:"放心吧,我会照顾好竹影的!"

阿黎郎拍了拍胸脯说:"还有我呢!我也会照顾好竹影的!"

周围的人群都笑了,林致远拍了一下他的肩膀说:"呵呵,小伙子,好样的!"

坐在轮椅上的纳西姥姥看了看竹影,又看了看阿黎郎,然后慢慢地向竹影伸出手去:"竹影,来,姨姥姥跟你说句话。"

竹影轻轻地走到姥姥身边,只听姥姥轻声说了句:"记住要好好读书,一定要上大学!"

"嗯,我记住了!"竹影点点头。

林致远见时候不早了,转过身朝大家挥了挥手说:"谢谢乡亲们!我们走了,大家请回吧!"

纳西姥姥的轮椅渐渐远去了,林致远和叶蕴涵的背影也渐渐看不见了。竹影忍不住眼泪流了出来,奶奶一把把竹影搂在怀里,忙不迭地安慰:"不哭,好孩子,姨姥姥病好了就会回来的!"

竹影还是挣扎着跑了出去,阿黎郎紧紧追了上去。

"姨姥姥,早点回来!"竹影跑到镇子前一个高坡上对着远去的人影大喊道,"爸爸、妈妈早点回来!我等着你们!"

空旷的勐巴拉立刻发出一圈一圈的回声:"我等着你们!"

阿黎郎扶着竹影的肩膀也拼命朝远方挥手,竹影终于忍不住了,抱住阿黎郎大哭了起来。阿黎郎不知怎么办好,只是紧紧抱着竹影,还没开口安慰她,自己也忍不住热泪滚滚。

也许是被他们的哭声震惊了,镇子周围的树林里一群群鸟儿从树枝上向着远方疾飞而去……

阿黎郎猛地想起了风筝,一把拉起竹影就往竹影家跑去,边跑边指着天空说:"快去放风筝,你爸妈和姨姥姥一定看得见!"

竹影一下子清醒了,对呀!风筝飞得高高的,爸爸妈妈一定看得见!但她跑得实在太急太快,一不小心被石头绊了一脚,一下子摔倒在地上。

"你等一下!"阿黎郎见状马上转身朝自己家的马槽飞奔而去,很快就牵了一匹白马过来,他先把竹影扶上马去,然后自己一跃而上马背,伸手挥了一下鞭子,马飞快地朝镇西的竹影家疾驰而来……

等奶奶明白过来的时候,白马驮着两个孩子早不见了踪影,急得她在后面大喊道:"当心!骑慢点!"

阿黎郎带着竹影很快取来了风筝,马背上的阿黎郎吩咐竹影:"快,快把风筝放上去。"

"哎!"两人说话之间,竹影已把风筝的线头抖开,一只粉色的风筝顿时展现在蔚蓝的天空上。

"驾!"阿黎郎又打了一鞭子,马儿向着镇子西边的高坡上直直地冲上去。竹影双手紧紧攥着绳子,风筝借着一阵阵劲风高高飘扬在勐巴拉的上空。

"阿黎哥,爸爸妈妈和姨姥姥看得见我们的风筝吗?"

"看得见!一定看得见!"阿黎郎想起了他对叶蕴涵的承诺,"竹影,从今天起,你就住在我家吧。"

"不,我要住在自己家里。"竹影倔强地回答。

"为什么?"阿黎郎不解地问,"我和奶奶把你的房间都安排好了呀。"

"我要在家里等姨姥姥和爸爸妈妈回来!"

"在我家里也可以等他们呀。"

"我家就在镇西口,他们一回来,我可以第一个看到。"

阿黎郎一时说不出话来,竹影见阿黎郎不吭声,连忙解释道:"因为每天我还要把姨姥姥的药材拿出去晒呢!"

"好吧,我们去跟奶奶商量一下。"

竹影点点头。

这是竹影第二次踏进阿黎郎家的店铺。店铺没多大的变化,就是货架上的商品比上次少了一些,只有那匹雕刻的骏马还高高地放在货架的最中央。

竹影一见,直接走了过去把骏马雕刻拿到手里爱不释手地看着,嘴里不停地问:"这马还在呀?这么好的雕刻怎么没人买去?"

"我让奶奶谁也不许卖!"

"为什么?"

"因为你喜欢这匹马呀!"

"阿黎哥,你真好!"竹影被深深感动了。

"不过,我以后一定要刻一匹和它一模一样的马来,上面还有两个小孩,一个男孩,一个女孩,手里拿着大大的风筝!"

"你还记得我说过的话?"竹影惊喜地问。

"当然记得!"

两人正说着话,奶奶从里屋出来,见了竹影就高兴地说:"孩子你来了,快坐,奶奶给你做了好吃的呢!"

阿黎郎走到奶奶身边,对奶奶说:"竹影想回家住。"

"为什么?"

"她说每天还要帮纳西姥姥晒药材,还有……"

"还有什么?"

"她想第一个看到纳西姥姥回家!"

奶奶听了许久没说话,慢慢地两滴老泪涌出了眼眶,呢喃地说:"多让人疼的孩子呀!"

"奶奶,没关系的,她每天还是会来我家吃饭的呀!"阿黎郎连忙安慰奶奶。

奶奶拿起衣襟擦了擦眼角说:"竹影一人在家我实在不放心,这样吧,我家在竹影家隔壁有间堆放木料的小屋,平时也不住人,你去打扫一下,晚上你就睡在那里吧。"

阿黎郎被奶奶一提醒才想起来,他家是有一间空屋在镇西口那里,那是为了进货方便而盖的,他曾经还跟爸爸去那小屋取过几次木料,怎么就忘了呢!

六、爱尔兰咖啡

夜幕下的勐巴拉就像一件古老的工艺品,到处都闪烁着只有这个古城才有的特色,一串串红灯笼、一盏盏水灯宛如星星一样散落在整个小镇的角角落落。镇子中心的街道两边的酒吧都亮起了醉人的灯火,小镇变得热闹起来。

与镇中相反的镇西要安静得多了,纳西姥姥家的灯光也亮了起来,在这宁静的黑夜里把两个孩子的身影拉得长长的。

"阿黎哥,谢谢你来陪我!"

"隔壁本来就是我家的一间小屋,我搬来后有空还可以帮我爸爸挑选一下雕刻的木料。"阿黎郎笑着安慰竹影说,"以后我们可是真正的邻居了!"

"对对对,我们成了邻居了!"竹影由衷地笑了。

"你有事尽管叫我,我马上过来!"

"马上就要开学了,你不是还要上学呀。"竹影不无担心地说。

"哎,你就别提上学的事了。"说起上学,阿黎郎一脸愁云。

"怎么了?"

"镇上原来的小学因为破旧被并到镇外的另外一所小学了,离镇子很远,来回要走很多路,眼看我就要上中学了,路就更远了,家里的活来不及做,就这样留下了。"

"你不准备上学了?"竹影惊讶地问。

"不是不读了,是没法读下去了。"阿黎郎无奈地回答,"镇里好多十几岁的孩子都这样,忙着帮家里干活赚钱,所以就……"

"那可不行,我妈妈说我们年纪小要要好好学习,长大了也要像爸爸妈妈一样上大学。"

"可家里没那么多钱给我上学。"阿黎郎垂下了脑袋。他心里明白,家里那一大堆活儿总不能交给奶奶一个人干,如今他是个大男孩,终有一天他还会变成一个男人,男人总要有个男人的样子,要挑起家中的担子。

竹影见阿黎郎垂头丧气的样子,想了想说:"这次我们来勐巴拉还带了不少的课本,我们在家里一起学习吧,不懂的地方还可以问我爸爸妈妈。"

"好啊!"阿黎郎忙点头应允。

竹影这才开心地笑了,她对阿黎郎说:"还记得上次我给你喝的咖啡吗?"

"记得,很苦呀!"

"那好,今天我煮咖啡给你喝!"

"煮咖啡?"

"是呀,上次给你喝的咖啡是袋装的,用开水一泡就可以喝了。"

"那么今天呢?"

"待会儿你就知道了!"竹影一蹦一跳地朝厨房走去。

阿黎郎一人坐在房间里,突然他想起了林致远的那些石头,今天正是好机会看看这些石头了!

于是,他站起身朝房间走去……就在这时背后传来一声:"别动!"

他一回头,原来不知什么时候竹影已经站在他的背后。

竹影拉着阿黎郎手说:"平时爸爸不让我进这间屋子的!"

"为什么?"阿黎郎真后悔自己莽莽撞撞走进这房间了。

"这是我爸爸的实验室,连我妈妈都不大进来的。"

"对不起!真的对不起!"阿黎郎连连道歉。

"放心吧,我不会告诉我爸爸的,不过你以后别再进去了。"

"嗯嗯。"阿黎郎被这一吓,以后真的再没踏进这屋子半步。

竹影把阿黎郎拉到外屋的桌子旁边,微笑着说:"你看,我煮的咖啡怎么样呀?"

阿黎郎这才想起刚才煮咖啡的事,他端起杯子,一阵浓浓的香味直扑鼻子。

"真香呀!"阿黎郎忍不住把嘴凑上去要喝,但一想到上次那个苦味,摇摇

头说："算了，还是你自己喝吧。"

"怕苦？呵呵……"竹影笑得更欢了。

"不是……这……"阿黎郎不知怎么回答才好。

"你会喝酒吗？"竹影知道一般纳西人都会饮酒，而且酒量很大。

"我不是纳西人，我是基诺族人。"

"你是基诺族？"

"是的，但我爸爸会喝酒，所以从小我跟在爸爸后面也常常偷喝一点。"

"呵呵，你知道吗，我这咖啡里也放了一点酒。"

"什么？"阿黎郎以为自己听错了。

"这是美酒加咖啡，不信你喝一口试试。"

阿黎郎端起杯子喝了一口，味道苦带涩，仔细回味有点酸，也有点甜，而且一旦入肚像一股热流从头流到脚，整个人都热了起来。

"这是什么咖啡呀？"阿黎郎明显感到这咖啡与上次完全不一样。

"这叫爱尔兰咖啡！"

"爱尔兰？"

"爱尔兰是一个国家，听爸爸说是在欧洲。"竹影用勺子轻轻搅拌了一下说，"这里还有一个很美的故事呢！"

阿黎郎坐在竹影的对面很认真地听她讲故事。

很早以前在爱尔兰一家咖啡屋，一个调酒师为了吸引一位美丽女孩的注意，特意调制了一种威士忌加咖啡的美味咖啡。后来这位女孩被咖啡醇香和威士忌酒味结合在一起的特别味道所吸引，爱上了这种咖啡。于是就有了爱尔兰咖啡。

"后来呢？"阿黎郎听得入神了，一个劲地追问。

"没有后来，妈妈没告诉我后来的故事。"竹影笑了笑说，"可惜没有鲜奶，否则还要有味呢！"

竹影告诉他煮爱尔兰咖啡很费时间，先把那种叫威士忌的洋酒放几勺到锅里，和糖一起煮沸了，再把泡好的咖啡倒进去，最后再放鲜奶。

"在海滨的时候，我妈妈一直煮咖啡给我爸爸喝的，我就这样学会的。"

"你们家有洋酒？"

"我爸每次从国外回来，总会带几瓶洋酒回来，我爸平时忙不大喝酒。这次来勐巴拉,妈妈特意带了两瓶准备送亲戚的,想不到这里的亲戚都喝不惯这种洋酒,只能留着自己喝了。"

"爱尔兰咖啡!"阿黎郎用心记住了这几个字,从此刻在心上!

七、飘扬在大院的风筝

清晨的古城小镇从朦胧中醒来,远远望去,层层白砖灰瓦布局得那么错落有致,既具有山城风貌,又富于水乡韵味。大坝上清清的水缓缓流过镇子,像一个琴弦拨响了小镇一天开始的声响。

阿黎郎搬来小屋住已经好几天了,为了进出方便,他拆掉两家中间的篱笆墙,这样两家的院子就变成一个大院子了。他一改过去睡懒觉的习惯,早早起来,学着纳西姥姥的样子,先把院子打扫干净,然后再把药材从屋里搬出来。

竹影本来就是个勤快的孩子,前些日子姨姥姥病了的时候就已经学会了生火、煮饭,这会儿她把煮好的稀饭盛了一碗给阿黎郎端来。

"阿黎哥,快来吃早饭吧!"

两人坐在椅子上,边吃边商量:"今天我们该读哪一页书了?"

"还是你说吧。"阿黎郎每次都让竹影先说,因为他知道竹影在她妈妈指导下有一套学习计划。

"我们先把药材晒了,然后就做功课,昨天你还有几道数学题没做完呢!"

"嗯。"阿黎郎还以为竹影昨天没看见自己没把题目做完,想不到她看得清清楚楚,于是叹了口气说:"我看见数学头就大!"

"呵呵",竹影笑了,"别怕,越怕就越做不好。"

两双小手飞快地在竹篓上下摆动,很快满满两竹篓药材都整整齐齐摆放在院子的中央。竹影看着满院的药材感慨地说:"平时看姨姥姥摆弄这些药材很简单的,谁知那么累!"

"是呀,不知你姨姥姥怎么度过这每一天的?"

"妈妈说,这些药材要经常晒,否则就会发霉变质!"

"你放心,我会帮你一起晒的。"

"谢谢你,阿黎哥!"竹影微笑着拉起阿黎郎说,"我们该回屋去做功课了。"

阿黎郎虽然不太愿意,但还是点了点头答应了,他不想让竹影看出自己是个不爱学习的孩子。

靠窗的小桌子上挤着两个小脑袋,竹影虽然只上了四年学,但在妈妈的指导下已经把小学的书基本都读完了,尤其是数学一点也不比阿黎郎差。

"阿黎哥,这道题好像不对呢,你再算一遍吧。"

"我已经算过两遍了。"阿黎郎显得十分不情愿。

"阿黎哥,你看看,是不是这样算的……"竹影耐心地一步一步演算给他看。

"噢……"阿黎郎拍了一下脑袋恍然大悟,他用笔继续写了下去。

不知过了多久,阿黎郎抬起头对竹影说:"我们休息一会儿吧。"

竹影点点头,她望着阿黎郎想起了什么,问道:"你说,这会儿爸爸妈妈和姨姥姥在哪儿?"

"是不是又想姨姥姥了?"

"嗯。"

"我吹笛子给你听好吗?"阿黎郎不知怎样才能安慰竹影,于是想起了吹笛。

"你会吹笛子?"

"对,我这就回家去拿笛子。"阿黎郎说完就跑到隔壁屋子里去了,竹影紧跟着出了屋子。

很快阿黎郎取了一根长长的笛子一屁股坐在院子边上吹了起来。顿时一阵悠扬的笛声荡漾在院子的上空。竹影被他的笛声吸引住了,她坐在阿黎郎的对面呆呆地听着那如泣如诉的笛声,慢慢地,眼泪流到了竹影的脸颊上……

"你哭了?"阿黎郎的笛声戛然而止,他有点不知所措地看着竹影,"是不是我吹得不好呀?"

竹影摇摇头说:"不,你的笛子吹得真好听!"

"是爸爸教我的,有时干活干得累了,吹笛子轻松一下。"

"阿黎哥,你快看!"竹影用手指了一下门外的小路。

镇西的小路上走来了两个行人,听脚步声好像有什么急事。脚步声走到纳西姥姥家门口停住了,随即就是一声问:"里面有人吗?"

竹影觉得很奇怪,镇上的人都知道纳西姥姥病了,已经好几天没人上门来打扰了。她连忙走了出去,阿黎郎拦住了她说:"我去开门!"

阿黎郎打开门一看是两个陌生人。

"你们找谁?"

"我们找这里的纳西姥姥。"

"有事吗?"阿黎郎和竹影异口同声道。

"我们是隔壁村子的,家里有人病了,医生开过方子了,但缺一味中药,听说这镇子里有位纳西姥姥有很多中草药,所以跑了好多路来这儿。"

"什么药材呀?"竹影问。

"三张叶!"

"三张叶?"竹影有点急了,"我家大院里是有好多中草药,可我不认识这些草药呀!"

"你是纳西姥姥家的孩子?"

"纳西姥姥就是她的姨姥姥!"阿黎郎忙在一旁介绍。

来人好像找到了救星一般,拉着竹影的手说:"好孩子,帮帮我吧,我家老人得了高血压,一直服用中药,想不到附近镇上的中药店里的三张叶正好缺货,所以找到这里。"

"你别急,我家院子里有好多中草药,你去看看吧!"竹影把来人拉到院子里。

来人看见满园的药材,团团转了好久,终于在一个角落里找到一些略带棕红色小斑点的小叶子。

"就是它!"来人高兴极了。

我在
勐巴拉等你

"你看清楚了吗？"竹影担心地问。

"不会错！我家老人吃了好长时间这种药了,所以我认识它！"来人指了指这叶子下面的稀疏细根。

"那你就拿去吧。"竹影的眉头舒展开了。

"好孩子,你帮了我的大忙了！"来人眉开眼笑地说,"多少钱呀？"说完忙不迭地从口袋里取钱。

"不不不！"竹影连忙摇摇小手说,"姨姥姥说过治病救人的药材不要钱的。"

"那怎么行呢！"来人执意要把钱留下。

阿黎郎看他们争执不下,想了想说:"这样吧,你尽管把药材拿回去治病。以后有机会多向乡亲和邻居们推销一下这里的药材。纳西姥姥病了,这些药材也要尽快地处理掉,否则会变质的。"

来人笑着说:"好好好,一定！"于是拿着药材高高兴兴地走了。

"阿黎哥,你真行！"竹影笑得都眯起了眼睛,"这些药材能治多少病人呀！"

"这叫物有所用！"阿黎郎得意地回答,"否则就是浪费了！"

"我们能不能也做个广告什么的？把这些药材尽快地推销出去。"竹影歪着脑袋在想。

阿黎郎被竹影一提醒,一拍大腿说:"有了！"

"什么？"

"你的风筝呢？"

"在这！"竹影奔向屋里取出风筝给阿黎郎。

"我们把风筝绑在大树上,过往的行人一定看得见！"阿黎郎走到大树下,望着高高的树杈说道。

"好办法！我们再在上面写着一个'药'字。"

"对！"阿黎郎刚想抱着风筝往树上爬去,却被竹影拦下了。

"给风筝做个钩子吧,再用竹竿挑上去,这样以后挂取就方便了。"竹影说完就跑到院子的角落里拖来一根长长的竹竿。

不一会儿,一只写着大大"药"字的粉色风筝飘扬在纳西姥姥家的大院上空,两个孩子拉起手朝天空高兴地挥舞着……

八、秋天的雷声

奶奶自从阿黎郎搬到镇西那间小屋后，总觉得冷清了许多，尽管两个孩子每天中午还是会到镇中的雕刻店里吃午饭，但临走时，阿黎郎常常会把晚饭也带走，然后丢下一句："晚上我们不过来吃饭了。"

倒是竹影觉得过意不去，经常留下陪奶奶聊聊天，给了奶奶不少安慰。

"哎，还是竹影懂事呀！"每当奶奶流露出对阿黎郎不满的时候，竹影总是歉意地奶奶说："阿黎哥是为了陪我，还要帮我晒药材才没空回家的。真的对不起！"

"好孩子，也不知道你姨姥姥怎么样了？"

奶奶的话勾起了竹影的心事，妈妈曾经托人带来过口信，说医院正准备给姨姥姥动手术，但究竟是什么病，妈妈没说。

"奶奶，我回家了。"每次一提姨姥姥，竹影的眼泪都会不由自主地掉下来，她怕奶奶看见，于是推说回家转身就走了。

"路上慢点走！"奶奶在后面叮嘱道。

一回到家，阿黎郎看见竹影两眼红红的，不解地问道："怎么了？"

"没什么，风吹的。"竹影掩饰道，"阿黎哥，奶奶叫你回家呢！"

"叫我回家？"

"是呀，大概奶奶有事吧。"

"好吧，我去去就回！"阿黎郎走了没几步回过头又说了句，"院子里的药

材等我回来一起收。"

"放心吧！"

阿黎郎走了，院子里只剩竹影一个人，呆呆地看着大树上飘扬的那只粉色风筝。

勐巴拉的天气阴晴交替、变幻无常，就像远处的雪峰一样时而耀目晃眼，时而又云蒸雾涌。上午还好好的，下午天空就被一层层阴云覆盖着，平地一阵风卷来，把大院里的药材吹得都抖动起来。

"不好，要下雨了！"竹影第一个反应就是赶快收药材，她顺手拿起竹篓就往院子里跑。

眼看大雨就要来临，镇西口的小路上行人渐渐少了，偶尔有一两个人走过也是脚步匆匆，没一个人注意到纳西姥姥家的院子里一个瘦小的身影在忙碌着，两只小手拼命地往竹篓里装药材。

一阵风又拂过院子，吹起药材夹带着风沙一直吹到竹影的身上，竹影的眼睛都快睁不开了，但两只手还是机械地一大把一大把地捧着药材往竹篓里装。

忽然，一道闪光划破了乌云密布的天空，古镇上空先是响起了一阵闷闷的雷声，紧接着就是一阵惊天动地的霹雳声！

低着头只顾收拾药材的竹影根本没堤防，被突然而来的惊雷一下子吓晕了，手一松，手里捧的药材都洒落在地上。她跳了起来，两手紧捂着耳朵本能地朝屋里跑去，但走了没几步，又折了回来，拿起装着药材的竹篓朝屋里奔去。

还没等竹影跨进屋里，身后又是一阵噼噼啪啪的响雷，竹影吓得脸色煞白直往里屋躲去。这秋天的雷声惊动了古镇的每一个人，看来这场雨不会小，人们都纷纷躲进家园。

"呀，打雷了！"阿黎郎长这么大第一次发现，秋天的雷声一点不比夏日的差。这雷声像放烟花一样，从天边过来，传得好远，散得好大。

"不好！"他立刻想起了竹影，还有那满园的药材！

"奶奶，我去竹影家了！"阿黎郎还没等奶奶回答，已冲出门外。

"等等，给你雨伞！"奶奶一边叫，一边追了出去，但哪里还有阿黎郎的影子！

阿黎郎冲到马圈里牵上一匹白马，飞身跨上马，狠狠朝马一鞭子，白马嘶鸣一声朝镇西飞驶而去。

阿黎郎骑着白马终于冲进了纳西姥姥家的院子,他边喊边跳下马背:"竹影,我来了!"可是又一阵响雷盖住了阿黎郎的喊声。他顾不上那么多了,连忙把院子里剩下的药材全部收了起来,然后朝屋里跑去。

阿黎郎走进房间一看没人,于是又走进里屋,只见一个人影像一个大团团躲在床上发抖,阿黎郎连忙上前叫道:"竹影,是我,你怎么了?"

竹影听见声音,这才抬起头,见是阿黎郎,"哇"的一声哭了出来。

阿黎郎心疼地抱住她,连声安慰:"不哭,不哭!"

竹影紧紧地抱住他,边哭边说:"阿黎哥别走,我怕!"

"别怕,我不走。"阿黎郎用手抹去她脸上的泪珠,"我已经把药材都收进来了。"

竹影这才大胆地朝窗外看去,灰蒙蒙的院子里已经收拾得空空的,地上没有一片药材。可当她抬头一看,惊得脸色都变了。

"阿黎哥,风筝!还有风筝!"说完,竹影不顾一切朝外跑去。

"啊?!"阿黎郎也想起了那只风筝还在大树上挂着呢!

雨滴越来越大了,嘀嘀嗒嗒打落在大树低下两颗小脑袋上,阿黎郎费力地用竹竿在树杈上挑着,竹影在大树边解开绳子。好一会儿,风筝终于回到竹影的手里,她脱下外衣紧紧裹着风筝,嘴里还一个劲地说:"你看,已经有点淋湿了。"

"你怎么把外衣脱了?"阿黎郎一惊,连忙把竹影拉进屋里,他知道勐巴拉四季如春,就是夏天也不会是热浪滚滚的。

"阿黎哥,快喝点热茶吧!"竹影端了一杯热气腾腾的水递给阿黎郎。

"你也快喝点吧,看你的嘴唇都冷得发白了。"

竹影这才发觉自己浑身上下都湿透了,难怪那么冷,她走到里屋忙换了身干净的衣服。

夜幕终于降临到了勐巴拉,外面的雨越下越大,屋里伸手不见五指,阿黎郎忙打开房间的灯,一道黄灿灿的灯光照亮了整个屋子。

"阿黎哥,今晚你就别回你隔壁的屋子了。"竹影眼巴巴地望着阿黎郎说了三个字:"我害怕!"

"竹影,怎么了?"阿黎郎发觉竹影有点不对头,连忙问道。

"我冷……"竹影哆嗦着说。

阿黎郎握了一下她的手,冰凉,冰凉。他跳上床去,一把抱着竹影说:"我来给你暖一下!"

"阿黎哥,抱紧我!"

阿黎郎觉得竹影的浑身都在发抖,嘴唇发白发青。

"你怎么了?"阿黎郎觉得事情有点不妙,"会不会发烧了?"阿黎郎猛地想起小时候曾经也发烧过。他摸了一下竹影的额头,啊!好烫!

竹影发烧了!怎么办?阿黎郎抱着浑身发抖的竹影头脑一片空白。

"竹影,我该怎么办?"

药!阿黎郎想起了纳西姥姥的那些药材,可是哪种才是退烧的药呢?阿黎郎把竹影紧紧裹在被窝里,自己却在放药材的竹篓面前急得团团转。

床上的竹影已经迷迷糊糊了,一句话都说不出来。

"竹影你说话呀,你别吓我!"阿黎郎已经语无伦次了。

他拼命呼喊着竹影的名字:"竹影,醒醒!"

竹影有气无力地指了指桌子的抽屉说:"快,快去拿药瓶……"

"药瓶?"阿黎郎三步并两步走到桌子边,一下子打开抽屉,看见里面有好几个瓶子,上面还写着药品的名称,他一下子明白了,竹影的母亲是医生,临走时一定留下一些药品在家里。

"我都拿来了,你看,应该吃哪种?"面对众多药名,阿黎郎一无所知。

"就是这种!"竹影刚拿出一瓶药,头又垂了下去。

阿黎郎不管三七二十一,打开瓶盖,取出一粒药片就往竹影嘴里塞进去。

"水,水,我要喝水!"竹影轻声呼道。

"啊,我忘了水了!"阿黎郎直骂自己该死,没水吃什么药呀!

别慌,别慌!阿黎郎吸了口气,端起一杯水让竹影喝下去。

九、你要做我最美丽的新娘

竹影昏昏沉沉地睡下了,阿黎郎忐忑不安地坐在床边,他不知道这药是否吃的对头,也不知道这药是否有用。他很想回家去问问奶奶,更想这时有人能经过这院子来帮帮他,但外面的瓢泼大雨把他的希望一点点浇灭。

"竹影,你千万别有个三长两短呀!我跟你妈妈保证过,我会照顾你的。"面对昏沉沉的竹影,阿黎郎一遍又一遍地诉说着。

"竹影,你一定要赶快好起来,以后我天天陪你去放风筝!"阿黎郎说着说着眼眶里的眼泪不知不觉地掉了下来。

"竹影,你要快快长大,长大后,你要做我最美丽的新娘!"阿黎郎说到这里,虽然眼眶里的泪水还在晃动,但嘴角却浮起了一层浅浅的笑容。尽管十二岁的他还不完全明白新娘的意义,但此刻的他只知道这是他的一个承诺,一个男孩的承诺,一个严肃而又认真的承诺。

昏睡中的竹影的手好像动了一下,阿黎郎马上握着她的手急切地问:"你醒了?"

朦胧中竹影只觉得有人一直在她耳边说些什么,好像是妈妈,又好像是爸爸,从远而近,她很想睁开眼,但很沉很沉……

"竹影,醒醒……"

是阿黎哥!竹影终于听清楚了。

"渴,渴……"她只觉得嘴干得快裂开了。

"噢,噢……"阿黎郎马上跳了起来,连忙倒了一杯水,爬上床去。

"水来了。"阿黎郎扶起竹影的头,慢慢地往她的嘴里一点点地灌。

"竹影,你好点了吗?"

"头痛,很痛很痛!"

"我想起来了,你晚饭也没吃过,我去弄点饭来给你吃。"阿黎郎想起平时母亲哄他吃饭时常说的一句话就是:"小孩不吃饭,头要痛的。"

他从床上爬下来,径直走到厨房里,可是厨房里没有现成的饭菜,原来他从奶奶家匆忙赶来,并没带晚饭。找了半天,只有早上剩下的一碗稀饭,这还是竹影煮的呢!看来只能吃这个了,他点燃炉子,把稀饭热了一下,然后端了过来。

"竹影,醒醒,吃饭了好吗?"

竹影勉强睁开眼睛,无力地说:"我不想吃。"

"不,一定要吃下去,否则没力气的。"

"那我们各分一半吧,你也没吃晚饭吧。"

"我……"被竹影一说,阿黎郎才觉得自己的肚子在咕咕地叫,他望了望手里的那晚稀饭说:"我不饿!"

"你不吃,我也不吃!"竹影的倔脾气又来了。

"好好好,我吃,我们一起吃。"阿黎郎扭不过竹影,只能把一碗稀饭一分为二。

窗外漆黑一团,雨还是在冷冷地下,路上一个行人也没有,只有从屋里透出一道黄灿灿的灯光映出两个孩子的身影是那么暖暖的……

一丝晨曦透过窗户,折射在床边蜷缩成一团的阿黎郎和躺在被窝里的竹影两个孩子身上。这一夜,竹影觉得睡了很长很长时间,她刚想睁开眼睛就感到一道光亮刺得她睁不开。

大概是天亮了吧?竹影用手撑了一下床铺,想挣扎着起来。这时,她看见床边有个庞然大物翻了个身,使劲睁眼一看原来是阿黎郎。

"阿黎哥,你怎么没盖被子?"

迷糊中阿黎郎听见有人呼他的名字,会不会又是竹影病情加重了?他眼睛还没完全睁开就跳了起来。

"竹影,你怎么了?"说完就用手摸了摸竹影的额头。

"还好!"额头不烫了,阿黎郎一下子倒在床上呼呼睡着了。他实在太累了,整个晚上他才眯了一会儿。

"阿黎哥,这样睡会着凉的!"竹影推了阿黎郎几下,根本就推不醒他。于是就把自己的被子帮阿黎郎盖好。

她起身下床,只觉得头重脚轻,看来病还没完全好,她扶着墙壁朝厨房跟跟跄跄地走去。她已习惯了早起,姨姥姥生病的那段时候,每天早上她都要到厨房去煮稀饭。可是如今她走每一步都是那么艰难,两只脚就像踩在云端里轻飘飘的。

当她走进厨房门口时,却闻到一股香味直扑鼻子。里面有人!

"会不会是妈妈?"她的心激烈地跳了起来,她一手扶着门框,另一只手连忙推开厨房的门。

"竹影,是我!"里面的人看见竹影进来,连忙上前一把扶住她的。

原来是阿黎郎的奶奶!

"奶奶,你怎么来了?"

"哎,昨天阿黎郎一走,我就着急了,但下了一晚上的大雨,我没法过来看看你们俩,把我急得一晚上都没睡好,所以一大早我就赶来了!"

"奶奶你放心吧,我们没事的。"

"还说没事,瞧你的脸色就知道病了。"奶奶心疼地扶着竹影坐下,忙端了一碗煮好的青菜白米粥递给竹影。

"快吃吧,昨天晚饭都没回奶奶家吃,一定饿坏了!"奶奶埋怨道。

"奶奶,您真好!"竹影轻轻地笑了。

"还有那阿黎郎,一定要好好骂他一顿,连晚饭都没带上就跑了。"

"奶奶,他还睡着呢,他太累了!"

奶奶坐在竹影身边,慈祥地看着竹影一口口地把菜粥吃下去,然后缓缓地告诉她:"你爸爸妈妈要回来了!"

"什么?"竹影放下碗筷,眼睛睁得大大地望着奶奶。

"是镇上的人说的,听说是你爸爸妈妈托人带口信回来的。"

"真的?我爸爸妈妈要回来了?"竹影摇了摇奶奶的手反反复复地问。

"真的!"奶奶点点头。

"那姨姥姥呢?是不是也一起回来?"竹影急切地问奶奶。

"这个……"奶奶愣了一下回答,"来人没说清楚。"

“爸爸妈妈回来了，姨姥姥肯定一起回来的！”竹影高兴地跳了起来，她觉得病一下子好了许多。

“阿黎哥，我爸爸妈妈要回来了！”竹影这时早已忘记阿黎郎还睡着，只是朝里屋一路叫喊着。

十、小风筝和小野马

阿黎郎被竹影的喊声惊醒了，翻身起床就问：“谁回来了？”

“爸爸妈妈，还有姨姥姥都要回来了！”

“真的？！”阿黎郎这下完全清醒了，“那太好了！”

盼了那么长时间，终于回来了，看来纳西姥姥的病真的治好了。

“阿黎郎，快吃早饭吧。”奶奶见宝贝孙子起来了，刚才还在生他的气，这会儿早忘在九霄云外了。

“奶奶，你怎么也来了？”

“奶奶是来告诉我们好消息的！”

“是呀，竹影她爸妈快回来了。”

“阿黎哥，快吃，吃完，我们一起把风筝挂上去！”

“对对对！”

下了一夜的雨，院子里湿漉漉的，温暖潮湿的阳光照耀着小镇，到处流淌着阳光和水，空气中飘散着久远的暗香。

阿黎郎搀着竹影抱着大风筝走到院子里，竹影深深吸了一口气，她走到大树下,指着树上的滴水说:"你看,风筝还不能挂上去。"

阿黎郎抬头一看,树上果真还有一滴一滴的水珠往下滑落着。

"我们骑马到镇口去放风筝吧,说不定他们今天就会回来呢!"

"这个主意好!"

阿黎郎跑去把白马牵了过来,还顺便给竹影拿了一件厚厚的衣服。

"来,快披上,骑在马上有点冷。"阿黎郎把衣服递给竹影,竹影乖乖地穿上了。

阿黎郎托着竹影上了马背,然后自己一跃而上。

"坐好了!"阿黎郎说完,就"驾!"了一声,马飞快地朝镇子外面跑去。

雪山是勐巴拉的骄傲,小镇上的人都以它引以为傲,阿黎郎把马赶到近处的山坡上,然后勒住马头,让马驻足,这样竹影就可以看得清楚了。

雪山南北一字排列,远远看去,犹如一条腾空的巨龙,它不仅气势磅礴,而且秀丽挺拔。峰顶染着晶莹的银光,耀目晃眼,时而云蒸雾涌,时而云带束腰。竹影放开了手中的绳子,风筝慢慢地向天上飘去……

阿黎郎怕竹影摔下来,在后面一手抱着竹影的腰,另一只手帮她扯着绳子。这时,一阵风吹来,乘托着风筝,给予了它飞翔的力量,越飞越高,竹影望着它,感受到一种前所未有的快乐。

竹影带着兴奋的微笑对阿黎郎说:"你看,风筝飞得那么高,姨姥姥只要一到镇子口就会看见了!"

阿黎郎很久没看见竹影这么快乐了,心里不觉轻松起来,于是高兴地笑了,对竹影说:"你姨姥姥看见一定会很高兴的!"

竹影笑着使劲点点头。她对阿黎郎说:"等姨姥姥回来了,你可要陪我天天骑着马儿放风筝!"

"嗯,一定!"

"那我就叫你小野马!"竹影咯咯笑个不停。

"我叫你小风筝!"阿黎郎第一次发现竹影笑起来是那么甜美,那张小脸是那么生动感人。

一连好几天过去了,每天阿黎郎都陪着竹影牵着马在镇外的路口翘首盼望,那只粉色的风筝在他们的头上不断地飞翔……

终于有一天,远处渐渐出现了两个人影,不是别人,正是林致远和叶蕴涵!

林致远和叶蕴涵把纳西姥姥送进省城医院后,经检查,不出叶蕴涵预料,纳西姥姥患的是恶性肿瘤,而且是晚期的。纳西姥姥在医院里住了好几个月,手术、化疗,叶蕴涵和省城医学院的几个同学想尽办法极力抢救,但实在是回天无力,纳西姥姥还是走了。她走的时候很安详,静静地像睡着一样。她永远是那么好脾气,活着的时候一直为别人着想,连走都是那么悄声无息,那么安安静静……

林致远眼尖,老远就看见高高的山坡上有两个孩子的小脑袋在不断地晃动。

"蕴涵你看,那是竹影!"林致远对叶蕴涵说。

"对,旁边是阿黎郎!"叶蕴涵已经好久没看见孩子了,心里的思念一下子涌了上来。她朝两个孩子拼命地挥手。

"等一下!"林致远连忙拉着叶蕴涵的手说,"我们怎么跟孩子说姨姥姥的事?"

"这……"林蕴涵一下子停住了脚步,她心里明白竹影和阿黎郎在勐巴拉望眼欲穿等了好几个月,他们天天在等,等着爸爸妈妈的出现,等着姨姥姥的出现,等着一家子团聚的喜庆场面。可现在……

这时,阿黎郎也正朝远处看着,只见有人朝他们招手,定睛一看,是林致远和叶蕴涵!

"竹影,你快看,你爸爸妈妈回来了!"

竹影毕竟矮小,怎么看得见远处的人影,急得连跳了几下,还是看不见。阿黎郎一把抱住竹影,把她送上马背。

这下竹影看见了,她兴奋地大喊道:"爸爸,妈妈!"

林致远看见马背上的女儿了,高兴地一阵疾跑,叶蕴涵也跟着后面跑了起来。等到他们跑到山坡下的时候,叶蕴涵这才看清,竹影抱住一只大大的风筝坐在马背上,而阿黎郎站在旁边,一只手紧紧牵着缰绳,另一只手牢牢托着竹影的腰。两个孩子就像雕塑一样刻在山坡上。

叶蕴涵愣了一下,她顿觉有一股热流想从眼眶里流出来,但终究还是忍住了。

"乖孩子!"她一步冲上前,抱住了小竹影。

"竹影,想爸爸了吧!"林致远也抢着从马背上抱下了竹影。

我在勐巴拉等你

叶蕴涵抱着竹影横看竖看说:"孩子你瘦了。"

"别担心,我有阿黎哥陪着呢!"竹影微笑着指着阿黎郎说。

林致远这才注意他们只顾一家子亲热了,忽略了一旁的阿黎郎,于是笑着对他说:"谢谢你阿黎郎和你奶奶照顾我家竹影!"

"不谢!这是应该的。"阿黎郎的脸有点红了,他还不习惯别人夸他。

这时,竹影发现怎么少了一个人!

"姨姥姥呢?"竹影急忙追问妈妈。

"这……"妈妈语塞了。

"爸爸,姨姥姥没跟你们一起回来?"竹影又拉着爸爸的手问。

"……"爸爸竟一个字也没说出来。

"妈妈,这到底怎么回事?"竹影不依不饶地追问。

"是这样的,姨姥姥要出一趟远门,所以我们就先回勐巴拉了。"林致远想了想回答。

"出远门?"竹影想起姨姥姥除了他们一家并没有什么远亲,"我不信,你们骗我!"竹影大哭了起来。

一路上,叶蕴涵一直想怎么才能哄过小竹影,但没想到竹影年纪这么小,却那么敏感。她束手无策地看着竹影。

"孩子,别哭!"林致远平时最疼爱女儿了,这会儿看她哭得这么厉害,知道瞒不住了,就轻声说:"姨姥姥是去了天上,她走的时候一直挂念你呢!"

竹影先是愣了一下,然后哇的一声大哭起来。

这一幕,阿黎郎看得清清楚楚,其实当他看见只有竹影父母回来,心里就有明白了几分,只是还是有那么一份期待,期待姨姥姥的出现,可现在……他看见竹影哭得呼天抢地,他实在于心不忍,他上前对竹影说:"姨姥姥到天上去了,我们把风筝放到天上,为她送行,她一定看得见!"

说完,他还没等竹影完全反应过来,就抱住竹影重新上了马背,然后自己一跃而上,只听"驾"的一声,那马仰天长嘶了一下,一下子冲了出去!

林致远和叶蕴涵看呆了,想喊,但一句也喊不出来。

马背上的阿黎郎命令似的对竹影说:"快把风筝抖开!"竹影这才清醒了,连忙把手中的线团一点点放开,风筝刷地一下飘荡了出去。

这时,镇子里的人们都纷纷跑到镇西口来看风筝,他们都知道纳西姥姥走了，他们默默无语地站在镇口，为这位把一辈子都奉献给了这个小镇的纳西姥姥送行……

十一、镇西口一个孤独的身影

　　纳西姥姥的葬礼隆重而又简洁，镇上的老老少少几乎都来了，连邻村那些接受过纳西姥姥馈赠药材的人们也都来了。

　　按照纳西姥姥的遗嘱，将她葬在勐巴拉的雪山脚下，她要永远地安息在这个让她爱过和工作了一辈子的地方。

　　阿黎郎和奶奶也来了。阿黎郎一见竹影就急忙上前拉住她的小手，他已经连续几天没看见竹影了，她明显地瘦了。这几天，竹影一直待在家里不出门，因为她怎么也想不通这么疼爱她的姨姥姥会弃她而去，她几乎夜夜不能入眠。

　　"竹影，你不要太难过。你姨姥姥走了，还有我们大伙儿呢！"阿黎郎指着身后的人群说，"我们都是你们的亲人！"

　　竹影含着眼泪点点头。

　　送葬的人群吹起了纳西民间音乐独特的葬礼乐曲，镇子上空中弥漫了一股伤感、空灵的韵味。每走过一处，不断有人加入这个行列，就像山涧的清泉一样绵绵流长……

　　纳西姥姥的墓前放满了各种鲜花，这个多民族的小镇，以各自民族的方式纪念这个汉族老人。纳西姥姥一生爱花，其中最爱的就是勐巴拉的七色蔷薇花。人们把朵朵鲜花摆成了勐巴拉特有的东巴文字，老人们还诵起了经文，用他们的哀思纪念这位虽然没有后代,但医治了不少病人的纳西姥姥。

回到家,叶蕴涵把纳西姥姥的遗愿告诉了竹影,希望竹影能回海滨继续她的学业。

"不,我不回去!"竹影虽小,但口气很坚决。

"不行,你的学校已经开学好几个月了。"叶蕴涵极力劝说竹影道,他们本来打算暑假里看望纳西姥姥之后就回海滨的,想不到纳西姥姥竟病了,这一耽搁让他们在勐巴拉待了好几个月。

林致远在一边也劝说道:"爸爸也要回大学里工作去了,我的科研只进行了一半,还没完成。你妈妈也要回医院工作。我们都走了,谁照顾你呀?"

"阿黎哥和他奶奶会照顾我的,再说我也会长大的呀!"竹影感到很委屈。

叶蕴涵哄道:"阿黎郎自己也是个孩子,怎么照顾你?每天你们要翻山越岭去上学,我怎么能放心?"

"那么我们把阿黎哥一起带走!"竹影的倔脾气又上来了。

林致远搂着竹影好声劝道:"乖孩子,别闹!阿黎郎是他家的独苗,我们怎么能把别人家的孩子带走呢?"

这下竹影没辙了,一下子坐在床上眼泪止不住地往下流。

叶蕴涵抱着竹影心疼地说:"你还小,自己都还不能照顾自己,怎么能照顾别人?"

竹影挣扎着边哭边往外跑,她要把这个消息告诉阿黎郎。

"竹影,回来!"叶蕴涵在后面急切地叫喊着。

就在这时,旁边冲出一个人,一把拉着竹影的手,轻声叫了一声:"竹影!"

竹影回头一看原来是阿黎郎!

"你在我家门外?"

"我都知道了。"阿黎郎点点头,此时此刻他不知道该说什么。

"阿黎哥,我不想走。"竹影泪眼汪汪看着阿黎郎,一股酸溜溜的液体从鼻子里冒出来。

"我也不想你走!"

可是他们都明白,这回竹影真的要走了,谁都留不住!

竹影和阿黎郎又一次来到镇西口的小路上,她对阿黎郎说:"再陪我骑一次马,好吗?"

"嗯。"阿黎郎点点头，他默默地把白马牵来，还是那样轻轻把竹影扶上马背。

竹影依旧抱着那只大大的粉色的风筝，她坐在前面，阿黎郎一跃而上，用手挥了一下鞭子，白马飞奔了起来。

竹影把线团解开了，粉色的风筝慢慢向天空飞去。阿黎郎抬头望着风筝，上面那个大大的"药"字还是那么醒目！

已经是初冬了，勐巴拉处处透露出清冷的寒气，阿黎郎一只手紧握着缰绳，另一只手紧紧抱住竹影。竹影那美丽的大眼睛里遮不住从心底流露出的丝丝忧愁。

"阿黎哥，我走了，这只风筝就送给你吧！"

"什么？"阿黎郎知道竹影非常喜欢这只风筝。

"留下它给你做伴！"竹影眼眶里闪着晶莹的泪花说，"看见它你就会想起我了！"

"我永远不会忘记你的！"阿黎郎哽咽了。

"阿黎哥不要难过，总有一天我们会再见面的。"

"可我没什么送给你，"阿黎郎感到很抱歉，"那匹马还没刻好！"

"我相信你一定会刻成的！"

阿黎郎还想说什么，但要说的话实在太多，堵在心里满满的，他都不知该怎么说了。

"阿黎哥，你再吹一次笛子给我听，好吗？"

阿黎郎被竹影一提起，连忙掏出笛子，用衣袖擦了一下，轻轻吹了起来。一声声悠扬的笛音，在旷远清寂的山坡中流淌着。

"阿黎哥，别忘了以后每天要做功课！"

"竹影，到了海滨，别忘了给我写信。"

"阿黎哥，你一定要考上大学，我会在大学里等你！"

"竹影，记住你要做我最美丽的新娘！"

竹影含着泪使劲点点头。

"竹影，这根笛子送给你，想我的时候就使劲吹一下，我会听见的！"阿黎郎感到从来没有这样无力过，因为他没有任何理由把她挽留。

竹影紧紧地把笛子握在手里，贴在胸口。

几天后,竹影跟着爸爸妈妈走了。从此在勐巴拉经常看到一个男孩,手里总是拿着一个粉色的风筝,脸上始终挂着一丝淡淡的忧伤。他常常站在镇西口纳西姥姥家大院的门口,他希望有一天,里面那温暖熟悉的灯光会再亮起来,自己能像往常一样朝那一束亮光走去,一位美丽的女孩会微笑着缓缓地向他走来……

　　可每次阿黎郎都会失望而归,多年后,他终于写下了自己谱写的歌曲:

　　　　你的一个转身

　　　　留下一行为我伫立的脚印

　　　　泥泞地弯弯曲曲伸向远方

　　　　心依旧,人已隔天涯

　　　　风吹起的时候

　　　　思念的长线紧握手中

　　　　漫天的飞花

　　　　飘远了粉色的风筝

　　　　却拒载了多情的我

　　　　我的世界一片荒芜

　　　　多少次我们梦里相会

　　　　我捧起你的脸庞

　　　　你那深情而又忧伤的眼神

　　　　落入我的心里缓缓流淌

　　　　这是一座没有你的古镇

　　　　曾经的倩影是我的守候

　　　　我在最初相遇的地方

　　　　追寻遗落的足迹

　　　　我该如何找到你

　　　　我最心爱的姑娘

　　　　今夜,柔情的风轻拂着我

犹如你那温柔的双眸

在我的山水里

勾画出勐巴拉纳西

曾经的誓言

在你转身的瞬间

点亮了我心中的航程

我把心愿组成一串串音符

在那棵与你相拥的大树下

依旧是我深情的守候

…………

十二、舞台上的相识

八年过去了。

一架银色的飞机穿破云层,像刚刚展开翅膀的一只大鹰突然缥缈散开了,周围一阵疾风,刷刷掠过机翼。灼灼的阳光从云层缝隙里透射下去,仿佛水一般地流泻,飞向山川重峦,划出道道白色霞光。

林竹影坐在海滨至昆明再转勐巴拉的飞机上,她的双眼始终俯视着厚重的云层,不知是云彩那令人惊异的美让她叹为观止,还是那海洋般的浩瀚蓝天使她感慨无限,随着脚底下层叠不尽的连绵山脉一丛丛地朝后去,她的思索早已飞到千里之外的古镇。

勐巴拉是她整整魂牵梦萦了十几年的地方,如今她已是大二的学生,在这之前她不知和爸爸妈妈说了多少次想回勐巴拉看看,可总是被中考和高考的种种理由挡了回去。这次海滨市和其他省市大学联合举办了一个大学生采风活动要去云南勐巴拉,而竹影是采风小组的成员,这下爸爸妈妈拗不过她了,只能答应她去勐巴拉。

盼望已久的她在临出发的前一天竟失眠了!

勐巴拉、阿黎郎、风筝……往事一件件像风车一样在她的面前飞快地转动着。

这时电话响了起来,不用猜准是薛亮,这些日子来,电话打得最频繁的就是他了。可是她刚想接,电话铃却不响了,也许听错了吧。竹影的思绪被打断了,有点恼火。

薛亮和林竹影是同一个大学的两个系,他比竹影高一届。他认识竹影是在学校的文艺演出会上,管理系的女生表演了舞蹈《孔雀舞》。竹影是领舞的,一曲《孔雀舞》演得美轮美奂的,台下的同学掌声不断,就当竹影领着舞伴谢幕下场的时候,却一头撞到了在一旁看呆了的薛亮。

"对不起,对不起!"薛亮慌忙点头致歉。

竹影觉得好笑,分明是自己先撞到了对方,而他却拼命朝她对不起。

"没关系。"竹影淡淡微笑了一下。

"你哪个系的?"薛亮见竹影要走连忙问道。

"刚才报幕员不是报过了吗?"旁边一个同学笑嘻嘻地回答他。

"对不起,我没听清楚。"

又是一个对不起!竹影轻轻地笑了,说了声:"管理系。"

"能不能告诉我你的名字?"

"你还有完没完?"一群姑娘唧唧喳喳簇拥着竹影就往后台走去。

薛亮还想说什么,这时只听报幕员说:"现在请计算机系的薛亮表演笛子独奏。"

笛子独奏?这四个字一下子钻进竹影的耳朵里,她的脚步不由得放慢了。

一阵笛子声在身后渐渐响起,音色宽广而又明亮,会场上荡漾着一股刚健豪放、活泼轻快的乐曲,台下的气氛顿时被渲染了起来。

竹影一下子转过身来,她只见舞台的中央站着一位男生,手里拿着一个长

我在勐巴拉等你 Wo zai meng ba la deng ni

041

长的笛子,身子随着乐曲微微地、有节奏地摆动着。竹影又向台前挪动了几下脚步,这才看清楚这位演奏者原来就是刚才跟她说"对不起"的那位男生。

薛亮上身穿着一件雪白的T恤衫,下面穿着一条淡灰色长裤。衣服的下摆紧束在裤腰里,整个装束简单而有明亮。此时站在舞台中央的他感到舞台的侧面有一双目光盯住他看,但是他顾不上那么多了,继续演奏着自己的笛子……

一曲终了,观众们报给他最热烈的掌声。他这才把身子稍稍侧了一下,看见站在舞台侧面全神贯注地看他演奏的竟然是那位《孔雀舞》领舞的女生!

薛亮的脸顿时红了起来。台下的观众纷纷要求他再吹一首,内向的薛亮一时不知怎么办好。就在这时,他又看见那双眼睛盯住他的笛子,并微笑着鼓励他继续吹下去。

薛亮鼓起勇气再一次走到台前,摆好了架子,深深吸了口气,吹了起来……

跟刚才一首不同的是,这首曲子委婉而又悠扬,时而像旋风呼啸而来,时而又像细雨慢慢悠悠……

竹影静静地听着,这首曲子怎么那么熟悉,但又那么遥远,听着听着只觉得眼角有个亮晶晶的东西悄悄地落了下来。

笛声慢慢地停了,台下寂静无声,霎时掌声四起,观众们都欢呼起来。竹影也禁不住鼓起掌来。

演出结束后,薛亮急急忙忙走下舞台去寻找那双注视着他吹笛子的女生,可是那帮跳舞的女生早已把竹影拥入人群离场而去。

"哎,等等……"薛亮在后面胡乱地挥着手喊道,可是他的喊声被前面一群学生说说笑笑的声音盖住了。

"哎!"薛亮沮丧极了。

十三、一只崭新的风筝

　　海滨大学坐落在东海之滨的海滩边,新造的宿舍楼沿着海边一字排开,每天晚上,大部分学生都留在了舒适的、有空调的宿舍里做功课。自修教室里只有三三两两的人在自修,可有一个人始终坚守在冷清的教室里,这个人就是林竹影。

　　竹影从小就喜欢安静,特别喜欢一个人静静地待在教室里,她像往常一样打开日记本写着,确切地说是在画。

　　不一会儿一只风筝就跃然纸上,她眯起眼睛笑了。这已经不知是画的第几只风筝了,也不知是第几本日记了。她笔下的风筝忽大忽小,时正时反,但上面都有一个"药"字。

　　随风的思绪总在漫延,透过纸上的画,她仿佛又看见了阿黎郎的笑脸,她用嘴轻轻吹着,纸上的墨水渐渐干了,但她的心海却依然波涛汹涌。这么多年过去了,这一只只风筝、一本本画册陪伴她的思念走过了一天又一天。

　　坐在教室后排不远处的薛亮一直在关注着她。自从那次演出以后,他费尽心思打听到林竹影的名字以及她经常去自修的教室。于是,在二楼的自修教室里又多了一个人影。

　　"这到底是个怎么样的女孩呢?"薛亮一连好几天坐在教室里观察竹影了。他觉得他不能再这样远远地看着她了,要想办法接近她。

　　于是他起身走到竹影的旁边,微笑着对竹影说:"你画得真好!"

只注意看窗外月色的竹影没提防旁边忽然有人问她话,被吓了一跳,手中的笔一下子滑落在地上。

"对不起,是不是我吓着你了?"薛亮慌忙弯下腰去帮她捡起笔来。

"你的名字是不是叫'对不起'呀?"竹影笑了,她已经看清面前这个男生了,就是那个笛子演奏者。

薛亮看见竹影笑了,总算松了口气,不好意思地挠了挠头尴尬地笑了。

"时间不早了,我要回宿舍了。"竹影起身收拾书包。

"我也自修得差不多了,我们一起走吧。"

竹影点点头。

快冬天了,校园里冷冷清清的,耳边不时掠过瑟瑟的风声。竹影拉了拉衣服,想把身体裹紧了。

"很冷吧。"薛亮边说边脱下外衣给竹影。

"不用!"竹影摇手拒绝道,她不习惯随便接受男生的帮助,特别是在这种夜深人静的时候。

薛亮尴尬地把衣服重又穿上了。

"你那天吹的笛子真好听!"竹影有点抱歉地把话题岔开。

"我从小就喜欢吹笛子。"

"是跟谁学的?"

"我爸爸",薛亮说起笛子就像打开话匣子,"我爸爸的笛子吹得棒极了!他可是一个专业演员呢!"

"是吗?难怪!"竹影恍然大悟。

"那天你吹的第二首曲子叫什么名字?"

"《蓝色的爱情》。"

"人们都喜欢把爱情形容成红色,你为什么叫蓝色的?"竹影好奇地问。

"蓝色会让人想起海洋,深邃而宽广,把它形容成爱情再恰当不过了。"

"深邃而宽广?这个比喻真好!"竹影不觉得连连点头。

薛亮兴奋地笑了。

就这样,林竹影跟薛亮认识了。薛亮的父亲是海滨市著名的民乐演奏家,母亲是古筝演奏家。薛亮从小在父母的熏陶下,吹了一手很好的笛子,还会弹奏一手不错的古筝。中学时差点被音乐学院附中招收去,但他坚持要学理科才留在物理班,高考时他以理科第一名的成绩考上了海滨大学计算机系。

竹影所在的管理系是属于工商管理学院的,而计算机系是属于计算机工程与科学学院,两个学院离得很远,可每天晚上薛亮为了能跟竹影一起自修,特意从西门赶到东门的教学楼。

"竹影,你看我今天给你带了什么?"薛亮经常会带给竹影一些惊喜。

竹影慢慢打开薛亮递给她一个纸盒,只觉得眼前一亮:

一只崭新的粉色风筝展现在她眼前,风筝的形状呈蝴蝶型。美丽的翅膀被一层层深咖啡和金黄色交相镶嵌着。最让竹影吃惊的是中间竟然有一个大大的"药"字。

竹影看呆了,她双手抚摸着这大大的"药"字,止不住热泪盈眶。她捧着风筝一下子冲出教室,虽然这么多年过去了,她已很少放风筝,但手势还是那么熟悉,她一下子抖开了风筝。

暮色中,风筝摇摇摆摆飘在悠悠的夜空上,思念的闸门也随着风筝的打开而狂泄出来。刹那间,她的脸上布满了热泪。

跟在竹影背后的薛亮被她的行动惊呆了,他原以为她会高兴,但没想到竟然会这样。

"对,对不起!"薛亮连说话都有点结巴了。

竹影顾不上那么多了,只想让心中隐藏了那么多年的泪水痛痛快快地流着。

夜已经很深了,放出去的风筝一点都看不见了,薛亮很担心地说:"收回来吧,看不见了!"

竹影摇摇头说:"看得见,看得见,他一定看得见!"

"他是谁?"薛亮惊问道。

"阿黎郎!"

"阿黎郎?"薛亮追问道,"阿黎郎是谁?"

"不好意思,让你见笑了。"竹影这才明白自己的失态了。

"快回教室去吧,外面很冷。"薛亮拉起竹影一路小跑进了教室。

"你怎么知道我喜欢风筝?"竹影不解地问。

"这还用问,你自己的本子上写着呢!"

"我的本子?"

"是呀,不信,你打开看看!"薛亮指着竹影桌上的笔记本。

"啊？！"原来她画的风筝全被薛亮看见了。

"能不能把你的故事告诉我呢？"薛亮望着竹影轻声问，"其实我观察你好久了，一直发现你很忧郁，很想为你分担些什么。说出来也许你的心情会好些，我年长你一岁，如果有什么需要我帮忙的，我会尽力而为的。"

竹影望着薛亮诚恳的眼神，点了点头，缓缓地开口说："那就从风筝说起吧……"

窗外瑟瑟的风声好像变轻了，四周静静的，只有教室里两个人影在侃侃而谈……

十四、参加比赛

竹影的故事很长很长，薛亮静静地听，并不断递水给她喝。当叙述到她伤心离开勐巴拉后，薛亮眼眶里的泪水也不断地滚动着。

"后来呢？你们再没联系过？"

"联系过，开始还有信件往来，可后来不知怎么的，我写过去的信再没回音了。"

"你没再去勐巴拉？"

"没有。那时我太小了，一个人去勐巴拉爸爸妈妈不放心，再说爸爸妈妈工作很忙，实在没空陪我再去那儿。"竹影深深地叹了口气，"爸爸回到海滨后担任了海滨大学的教授，一直忙于科研工作，还经常出国进行学术交流。妈妈还是回到了海滨市人民医院，是医院的主任医师，经常加班到很晚才回家。所以家里常常只有我一人。"

薛亮轻轻拉起她的手说："工夫不负有心人！我想只要我们努力，你的愿望会实现的！"

"谢谢你！真的太谢谢你了！"竹影忍不住热泪滚滚。

以后的日子里，薛亮有空就帮竹影查找资料，寻找有关阿黎郎的信息。可是一天天过去了，投出去的信件就像石沉大海，阿黎郎还是音信全无。

天气慢慢转暖，又一个春天到来了。校园里四处都露出吐出绿芽的柳枝，竹影走在图书馆门前的喷水池边，晶莹的水雾透过缕缕金色的光芒散落在水池里，溅起高高的水花。

"竹影，告诉你一个好消息！"就在竹影发呆的时候远处飞奔而来一个人，这人就是薛亮！

"怎么了？"竹影看见薛亮这么高兴，真是一头雾水。

"各省市大学的学生社团将联合搞一个文艺联谊活动，然后在每所学校的获奖者中抽取一位同学组成一个采风小组赴云南去考察。"薛亮一边说，一边把一张通知给竹影看。

"真的？"竹影一把抢过通知就看，通知上面清清楚楚写着："采风小组赴云南考察地点：勐巴拉、玉龙……"

"勐巴拉、玉龙……"这几个字钻进竹影的脑子里再也钻不出来了。

"可是，我们得好好练习呀！"薛亮看见竹影乐成这样忍不住提醒道。

"对对对，现在我们就好好商量拿什么节目去参加比赛？"竹影拉着薛亮坐在喷水池边，拿出笔在纸上计划着……

以后每天下课后，学校的练功房里总有两个人影，一个拿着笛子在吹奏，另一个在挥舞着手臂、展开身姿在旋转……

时间过得很快，一眨眼就到了"五一"，海滨市大学生社团节演出马上就要开始了，竹影的心不由得紧张起来。

"别怕，有我在旁边给你伴奏呢！"薛亮给竹影打气道。

这是一个令人向往的夜晚，也是竹影和薛亮排练一个多月的最后亮相。他们拿着他们全部的家当——两根一长一短的笛子和两套崭新的演出服前去参加演出。

薛亮的服装是借用了爸爸的，而竹影那件长裙是竹影省了两个月的饭钱和

几个月的零用钱,结果还是不够,把过年的压岁钱都拼拼凑凑用上了。

夜幕降临在大学城的上空,学生们都三三两两地朝海滨大学的大礼堂走去,今晚最后一场的比赛将在这里举行。

红色的帷幕慢慢拉开了,身穿亮丽服装的报幕员字正腔圆地讲着开幕词:"亲爱的同学们,今天是我们海滨市大学社团联谊活动的最后一场比赛,比赛后我们将公布获奖名单,获奖的社团可以推荐一位代表参加暑假大学生赴云南的采风活动!"

报幕员的话音刚落,全场掌声四起,演出正式开始了。

这次参加海滨市的大学社团联谊活动大赛的参手真不少,而且一个比一个强。演出在紧张而又热烈的气氛中进行着。

站在后台的竹影只觉手脚冰冷,她觉得这样下去不要说比赛,就是站也站不稳了。她努力地深呼吸了几下。

这时在一旁的薛亮看在眼里,急在心里,连忙上前安慰道:"竹影,别紧张!"

就在这时,只听报幕员大声讲道:"现在由海滨大学的社团表演笛子伴舞《飘扬在勐巴拉的风筝》!舞蹈表演,林竹影;笛子演奏,薛亮!"

海滨大学的同学们带头热烈地鼓起掌来。

薛亮先出场,他身穿一件白色的长衬衣,外面穿着一件银灰色的马甲,跟衬衣的领子和袖口的银灰色浑然一体,下面穿着一条长长的淡蓝色的灯笼裤。整个装束把薛亮修长的身材打扮得英俊潇洒。

他手拿两根一长一短的笛子沉稳地走到台前,把一个短的笛子放在前面早已准备好的架子上,接着把一支长笛横拿着,摆好了架子,只见他扬起了头,镇定地拿起一支长笛,嘴角微微一动,一阵悠扬的笛声向舞台四周弥漫开来。

幕布渐渐拉开了,竹影端庄站立在舞台中央,一袭粉色的连衣裙,像一朵含苞待放的花蕾,正吸着丝丝春雨,徐徐绽放。两只袖子的下摆夸张地荡了下来,她缓缓地扬起手臂,两只半圆形的袖子就像风筝的两个翅膀,忽而轻云般慢移,忽而又旋风般疾转。远远看去,整个舞姿宛如一只粉色的风筝在鲜花丛中上下浮动。

笛声伴着舞步时高时低,透人心俯,给人一种心醉的感觉,不知不觉中,竹影随着音乐轻轻地朝后慢慢地弯下腰去,等到她柔软的腰渐渐直起来的时候,台下的人还来不及感叹她的舞姿竟有如此的优美和柔软,让人们吃惊的是,她的双手竟从背后取了一个大大的风筝!

在这美妙的笛声中,竹影好像完全忘了自己是在舞台上,她好像又回到了勐巴拉,回到了当年和阿黎郎放风筝的马背上,她挥舞着风筝在蓝色的天空中翩翩起舞,像一个花中仙子,又像是海中的精灵,晶莹的水珠与粉色的风筝齐舞,靓丽一色洒满了整个舞台!

随着最后一声笛声,他们的演出结束了,全场观众沉浸在薛亮悠扬的笛声和竹影优美的舞蹈之中久久不肯散去,同学们一起尖叫和欢呼起来,将晚会推向了高潮。

竹影拉着薛亮站在台前谢幕了一次又一次,台下无数个相机闪个不停,这时报幕员来到舞台中央郑重宣布:"今天的比赛获得一等奖的是海滨大学的笛子伴舞《飘扬在勐巴拉的风筝》!"

此时,竹影紧紧地握着薛亮的手拼命地挥舞着。薛亮的眼眶里也闪出激动的泪花。

这时报幕员又说:"但是你们只能选出一位代表参加赴云南的采风小组!"

只见薛亮大步走到话筒前,大声对着台下观众说:"我们推选林竹影作为代表参加云南采风活动!"

竹影的眼泪再也忍不住了,一个劲地往下流,一个劲地说:"谢谢!谢谢!"

十五、飞向勐巴拉

自从去云南的名额定下来后,竹影几乎天天盼着那一天快些到来。可是随着时间一天天接近,薛亮的心情也随着沉重起来。自从与竹影认识以来,竹影

的身影就深深地刻在他的心上,再也抹不去了。听了竹影的故事后,虽然他知道在竹影的心里再也融不进其他人,但还是不由自主地去关心和帮助这个善良的女孩。

这一晚,薛亮和竹影都没睡着。已是深夜了,薛亮在床上翻来覆去睡不着,干脆起身打开台灯,看看时针正指着十二点,他想去打电话,但又缩了回来。

"竹影会不会已经睡了呀?"这个念头一闪而过,但薛亮的手还是情不自禁地触摸着电话键盘。

"玎玲玲……"电话响了好一阵没人接,也许竹影已经睡了吧,他记得竹影告诉他,这几天她父亲又去了外省市一个大学参加学术会议去了,而她母亲也加班好几天了。

"不行,竹影一个人在家一定很寂寞,再说明天就要走了,不知行李都准备好了没有?"想到这里,薛亮又拨响了竹影家的电话。

这次电话有人接了,话筒里传来了竹影的声音:"薛亮吗?还没睡?"

薛亮还没开口问,想不到却被竹影先问了,他笑了,说:"我还想问你呢,怎么还没睡?"

"睡不着。"

"那不行,明天早上就要走了,赶这么远的路不好好休息怎么行?"

"你不也没睡吗?"

"我没关系,身体棒得很呢!"薛亮说着就来劲了,"你东西都准备好了吗?"

"都准备好了。"

"那就快睡吧!"

"嗯,你这么晚打电话来,还有什么要嘱咐的吗?"竹影调皮地问。

"我……"薛亮还想说什么,可是迟疑了一下,最终还是没有说出来。

清晨,阳光照在海滨机场上,就像涂上了一片金色镂空的外衣,一大早就有不少旅客从四面八方涌向机场。

薛亮推着一只大大的滑轮箱,竹影背着一只挎包从大门外走向机场检查安全的通道。等候安全检查的人群排成长长的队伍,尽管大厅里的空调开得很足,但薛亮还是满头大汗。

"挺重吧?"竹影抱歉地问他。

"嗯，你这箱子分量不轻呀！"薛亮知道女孩子都喜欢打扮，但哪知道这箱子有这么沉。

"哈哈……"竹影笑了起来，忙掏出纸巾递给薛亮，薛亮接过来满头满脸地擦着。

"竹影呀，到了那里要经常跟我通电话，别怕浪费手机费！"薛亮一次又一次地叮嘱道。

"知道了，你已经说了好几遍了。"

"小心无大错，毕竟这次你是一个人出远门。"薛亮总是不放心竹影一个人去远方。

"放心吧，还有海滨市其他大学的伙伴呢！"竹影满怀信心。

两人说着、聊着，队伍已经快排到了，薛亮用力提起箱子放在托运行李的滚动链上。眼看着箱子朝候机厅内源源不断地运送进去，薛亮知道分别的时候到了。

"竹影，到了那儿一定要主意身体，千万别太累！"

"嗯，知道了。"竹影停住脚步，转身看着薛亮。她知道这段日子薛亮为她能够去勐巴拉，付出了很多很多，她很想说声谢谢，但却一句也说不出来。她知道，薛亮要的不是"谢谢"这两个字所能给的，因为她给不起，她的心早已给了另外一个人了。

刚走了几步，薛亮在背后叫了一声："竹影，到了勐巴拉不管遇到什么情况，都不要害怕和慌张，及时告诉我，我会天天等你的消息！"

竹影的脚步停了一下，眼眶里的眼泪再也忍不住了，她怕薛亮看见，一咬牙坚持不回头，大步朝前走去。

飞机飞上了几百公尺高的蓝天，在层层白云间穿梭。竹影的心也像过山车那样此起彼伏，她的好友韩梦露曾经问过她，如果没有阿黎郎，你是否会选择薛亮？

这是个没法回答的问题，因为在这世界上没有"如果"，只有"真实"！现在的真实就是她向勐巴拉飞去，去寻找她儿时的梦。

而薛亮却默默地站在候机厅外，抬头望着天空中渐渐远去的飞机，迟迟不肯离去。他知道有个女孩带去了他所有的梦想，带去了他的祝福，也带去了他无尽的思念。

几小时后,飞机终于在勐巴拉的上空徐徐降落,竹影和海滨市几个大学的学生走下飞机。

竹影刚取到行李,就见候机厅外面有人高举着"接各省市大学生采风小组"的牌子。竹影没想到刚下飞机就有人来接,原来的担心一下子没了。

"你们是采风小组的成员吗?我们是来接站的!"举牌子的是个热情的小伙子,他的话音刚落,后面走出两三个男生和女生来,一起上前帮竹影和她同来的伙伴拿行李和背包。

竹影笑着推辞着,小伙子上前一把接过竹影的旅行箱大步就朝前走去。

机场外面停着一辆大巴士,接待他们的那个小伙子招呼他们上了车,等他们坐稳,车子刚要朝前驰去,只听后面传来一个清脆响亮的声音:

"哎,等等!"

小伙子听到车厢外有人喊叫,还以为车子撞倒了什么人呢,连忙跳下车去看。

不远处一个女生背着大包小包,手里还拉着一个大大的滑轮箱,急切地朝大巴奔来,一边跑,一边问:"是去采风小组的车子吗?"

"是的。"小伙子连忙把车门打开。

女生一路小跑到车门前,气喘吁吁地说:"这位同学,你是负责接待的吧!麻烦你帮个忙!"

还没等小伙子反应过来,女生已笑嘻嘻地将行李箱一股脑儿塞进他手里,他被这突如其来的阵势吓了一跳,不由自主地接过行李箱。

他定睛一看,站在他眼前的是一个扎着马尾辫的女孩,两眼正亮亮地看着他,见他还没上车的意思,连忙跺了一下脚大声说:"你这是怎么了?还不快上车!"

"对对对,上车。"小伙子被弄糊涂了,这到底谁接谁的车呀?怎么反客为主了呢!

小伙子肩上扛着,手上又提着行李上了车,嘴里不停地咕叨:"哪来这么多东西呀,就像来插队落户的!"

"这点东西还算多?我还有好多东西没带呢!"女生把行李都交给了小伙子,然后腾出手来不停地擦汗。

等他们两个坐下,大巴终于开了。

"我叫张意然,是燕北大学的。"小伙子在车上高兴地向竹影他们介绍道,

"欢迎你们到我们云南勐巴拉来,希望接下来的几天里能和你们合作愉快!"

哦,原来是燕北大学的!竹影暗暗想。

"呵呵,我是鲁南大学的!"那个女生在一边插嘴说,"正巧了,我们一个南,一个北!"

"鲁南大学?挺远的嘛!"张意然笑着问。

"是呀,在黄河以北呢。"那女生大概渴极了,打开背包拿出一瓶矿泉水仰起头咕噜咕噜喝了起来。"我的几个同学比我早几天来勐巴拉了。"说到这里,女生有点不满意,嘴巴都撅了起来。

"对了,我想起来了,前天是有几个大学生已经提前到勐巴拉报到了,原来就是鲁南大学的学生呀!"张意然恍然大悟,接着问女生:"你叫什么名字?"

"我叫苏末儿。"

"苏末儿?这名字挺不错的,很像少数民族的名字。"

"被你说对了,我家老祖宗就是满族人,不过到了我爸妈这一代已经完全汉化了。"女生笑了起来,"所以我现在是天津人。"

"哈哈……"周围的同学都被她逗笑了。

十六、相遇在勐巴拉的宾馆

大巴士载着一行快乐的年轻人说说笑笑很快就到了大会的报到地点——勐巴拉宾馆,一下车子就看见宾馆大门前挂着一长条横幅:"热烈欢迎各省市大学的同学来勐巴拉采风!"

一路上,大家欢乐的气氛并没有感染竹影,因为离勐巴拉越近,她的心跳越是加快,她的眼睛不时地望着窗外,儿时的镜头就像在回放……眼前的景色有那么点熟悉,但更多的是陌生。

当她跳下车时,被气派如此之大的勐巴拉宾馆惊呆了,记得当年离开勐巴拉时,镇上只有几家小小的旅馆,老式而又陈旧,而眼前的宾馆以前认为只有在大城市里才能见到的。

"高黎鹏!"苏末儿见到一个里面走出一个男生,高兴地大叫起来。

那个被唤着高黎鹏的男生一见苏末儿就惊讶地问:"你怎么也来了?"

"怎么了? 不可以吗?"苏末儿的嘴巴又撅了起来。

"好了,好了。"高黎鹏不想在大庭广众之下跟女生争论,尤其是苏末儿。于是他拿着苏末儿的行李朝里走去。

同伴们纷纷拿着行李朝宾馆的大堂走去,只有竹影呆呆地站在原地不动。

"请问,你是哪个大学的?"突然有一个声音问竹影。

竹影一时没反应过来,回头一看是个胖墩墩的、很结实的男生。

那男生又问道:"问你呢? 同学!"

"不好意思,"竹影这下总算把思路拉了回来,"我是海滨大学的。"

"你好! 我是鲁南大学的,我叫雷洋!"

"我叫……"竹影刚想介绍自己的名字,同来的海滨市其他大学的同学连忙插话说:"呵呵,她是海滨大学有名的才女,她的笔名叫影子,比她的真名还要有名呢!"

"哦,原来是影子! 我在报上看过你不少的作品。"雷洋惊喜地说,"想不到在这里见到作者的本人,真是幸会!"

"不客气,认识你很高兴!"竹影微笑地回答。

雷洋向竹影伸出手去说:"很高兴认识你这个年青作家!"

竹影笑了笑与雷洋握了握手,雷洋帮竹影拿着行李,然后两人一前一后走进了大堂。

大堂里人头攒动,站在最前面的一个带队的老师大声说:"请同学们把行李放到各自的房间后,休息一下,然后我们集中一下开个会。"

苏末儿一下子跳到竹影面前说:"我们正好是一个房间的,我已拿好了房间钥匙。"

"好吧。"竹影正愁没个女生做伴呢,这会儿跑出来一个自愿与她做伴的,她当然很高兴。

竹影回身跟雷洋打了个招呼:"谢谢你!"说完想把行李接过来。

"没关系的,我送你们到房间门口。"雷洋热心地说。

苏末儿看见雷洋这么热情,看看自己手里的行李,立马对高黎鹏不满意起来,大声叫了一下:"高黎鹏,过来呀,你看人家大雷多热情!"

"哎,来了!"高黎鹏一个箭步冲到苏末儿跟前,"瞧你急的,我不是在跟带队的老师说事儿嘛!"

高黎鹏接过苏末儿的行李刚想走,看见雷洋在帮一个不认识的女生拿行李,于是打趣地说:"你这小子,半天没看见人影,原来是帮漂亮妹妹拿行李呢!什么时候变勤快了?"

"呵呵,我才不像你呢,被你那个苏大小姐管得服服帖帖的!"雷洋大笑起来,"你上哪儿,她就跟哪儿!"

"大雷,你再说!"苏末儿朝着雷洋一顿乱拳,吓得雷洋只朝竹影背后躲。

竹影也被他们逗得大笑起来,问:"原来你们都是一个大学的同学?"

"是呀,他叫高黎鹏,这位呢,不用问了,是我未来的嫂子!"

"啊,你又乱说!"苏末儿又举着拳头朝雷洋乱舞过来,被高黎鹏一把拉着,作色地对大雷和苏末儿说:"别闹了,越来越不像话!看你们把客人都晾在一边了。"

竹影抬起头仔细打量眼前这位男生,白色的衬衫和淡米色的休闲长裤裹着古铜色的肌肤,一股干爽素净的气质从高大魁梧的身材里透露出来,一头细细碎碎的头发随风轻轻扬起,烘托着一张棱角分明的脸,只是眼角里藏有一抹难言的忧伤,此刻正认真地打量着她。她被他大胆的目光看得有点不自然,哪有男生这么盯着女生看的!

高黎鹏指着竹影问雷洋:"这位是?"

雷洋快步上前,拉着竹影说:"她就是大名鼎鼎的影子作家!"

"你好!"高黎鹏大方地握了握竹影的手,竹影也微笑地朝对方点了点头。

其实,高黎鹏早就看见这位身穿白底红花连衣裙的女生,一头卷卷的长发自然地披在肩上,两只大大眼睛里似乎有那么一丝忧郁,漂亮的瓜子脸上流露出淡淡的笑容,让人看着有那么点心痛和心动的感觉。

"你是哪个大学的？"高黎鹏不由得开口问道。

"我是海滨大学的。"

"你是海滨市的？"高黎鹏似乎有点迟疑又追问了一下。

"是呀。"竹影有点奇怪。

"哦，没什么。我们送你们到房间吧。"高黎鹏提起行李就朝前走去。竹影看着他们的背影，一个高大魁梧，一个宽厚结实，拿着两件行李大步走着。

十七、原来她不是采风小组的成员

苏末儿空着两只手，走在最前面，找到楼上房间就急着打开，这是她的习惯，她想找个光线别太亮的床铺，她喜欢睡懒觉，太亮了会影响她的睡眠。

门被打开了，苏末儿两眼发亮，直呼："哇！好大好干净的房间呀！"然后转身甜甜地对高黎鹏说："是不是你安排的？"

"不是，是这里的接待老师安排的。"

"没劲！你就不会骗骗我。"苏末儿的脸又耷拉下来，不过很快就阴转多云。她站在两个床铺中间仔细看着，然后一个箭步走到里侧的一张床上，一屁股坐下，指着靠窗的那张床铺对竹影说："影子，你就睡那张床吧。我怕光线太亮的地方！"

竹影笑着点点头说："好吧。"

高黎鹏忍不住埋怨道："凡事都得让你先挑，你这毛病什么时候才会改？"

"光线太亮，我会睡不着的。"苏末儿不依不饶地顶嘴。

竹影朝他们摆了摆手说:"没关系,我喜欢靠窗。"

"你听,人家还喜欢靠窗呢!"

"你……"气得高黎鹏狠狠瞪了苏末儿一眼。

看他们没完没了的样子,竹影是又好笑又好气的,然后打圆场说:"谢谢你们帮我们拿行李,我们要休息一会儿了!"

雷洋正愁没办法拉高黎鹏走呢,听见竹影的话,连忙说:"我们走吧。"

高黎鹏这才礼貌地朝竹影点点头说了声:"你们休息吧,回见!"

他们一走,苏末儿一下子就躺到床上了,直呼:"累死了,累死了!"

竹影笑了笑说:"抓紧休息一下吧,待会儿还要开会呢。"

"开会?我才不去呢!"

"不去开会?那不大好吧。"竹影摇摇头说。

"没关系的,我又不是正式编制!"

"正式编制?什么叫正式编制?"竹影一头雾水。

"哎呀,你怎么听不懂呢!"苏末儿翻了个身坐在床上,指着竹影胸前的采风小组成员的胸卡说,"你们是这儿的正式会员,而我不是!"

"那,那你是什么?"竹影还是没听懂她的话。

"我是人!"苏末儿有点恼了,"有你这么说话的吗!"

"呵呵,对不起,我是说你不是采风小组的成员,怎么会来这儿的呢?"

"还不是跟他来的嘛。"苏末儿指了指门外说。

"噢……"竹影这下明白了,原来苏末儿是跟着高黎鹏一起来的,看来这房间一定是他与这儿的主办老师说情才留下来的。

"你男朋友对你还真不错!"竹影由衷地夸奖道。

"那当然!"苏末儿得意地说,"我在高中时就认识高黎鹏了。"

"这么早就……"竹影刚想说这么小就交男朋友了,但很快被苏末儿打断了。

"我与他可算是青梅竹马了!"

"青梅竹马?!"竹影的心猛地跳了一下,她想起了小时候的阿黎郎,那么他们算不算是青梅竹马呢?

苏末儿并没注意竹影的表情,自顾自地说起往事来……

高一下半学期的时候,班上转来一个男生,高高瘦瘦的,看见所有人都只

是点点头，不怎么说话，总是喜欢一个人静静地待在教室里，一副郁郁寡欢的样子。听同学说他是从外地农村迁来本地的，所以就有人叫他乡巴佬。因为他的年龄比同班同学都大一岁，又有人猜想他是留了一级的学生，所以背地里都唤他留级生。

苏末儿是个外向型的女孩，虽然她骨子里也有看不起"乡巴佬"的成分，但她那好管闲事的本性，最见不得那种欺软怕硬的货色。她一见别人欺负高黎鹏，马上跳了出去大呼大叫："他是乡下人关你们什么事！他留级你看见啦？吃饱了还是撑着了？自己管好自己的事得了，别做出让城里人都瞧不起的事来！"

每到这种时候，高黎鹏都一语不发，也不回击，只是两手紧紧握着拳头，两眼露出冷峻的目光，足以杀死那些无端猜测的小人！

苏末儿的泼辣是全班有名的，没人敢跟她对嘴的，但有时也会遇到不怕死的跑出来和苏末儿抢白："那他的事关你什么屁事呀？他是你的什么人啊？"

苏末儿一时答不上来，但想想自己什么时候输掉过？一下子冲了上去，正要与那人理论，高黎鹏一把拉住她，无奈苏末儿实在咽不下这口气，冲着那人大喊道："他是我男朋友！他的事我当然要管！"

话一出口，全场同学都惊呆了，高黎鹏惊呆了，连苏末儿自己也惊呆了，但说出去的话就像泼出去的水一样无法收回了。从此苏末儿只能硬着头皮把高黎鹏当着自己的男朋友，不过班上从此太平，没人再敢提起"乡巴佬"和"留级生"这样的话。只是苏末儿单独和高黎鹏在一起的时候，不服气地对他说："这下便宜你了！长那么大，我还没交过男朋友呢！"

高黎鹏笑笑不语，许久只是说了声："谢谢！"然后满脸照旧布满了忧郁。

"哎，你以后可要待我好一点，可不许你对其他女生花心，三心二意的！"苏末儿警告高黎鹏。

高黎鹏看看苏末儿一句话都没说，他不是那种花言巧语的男生，不过以后的日子里，不管是什么班花，还是校花，高黎鹏从来都是目不斜视的，这是苏末儿对他最为满意的地方。

可这事不知怎么被好事者传给了苏末儿的父母听了，苏末儿的父亲差点没把宝贝女儿打一顿，这种荒唐的事怎么会发生在自己女儿的身上！

还是苏末儿的母亲王丽娜冷静点，让女儿把高黎鹏叫到家中，她想亲眼看看女儿看中的男生是怎么样的？

苏末儿担心高黎鹏不会到自己家里来，她把这事跟他一说，想不到他竟然爽快地答应了，这下反倒让苏末儿糊涂了。

十八、第一次进苏家

　　那天下午上完课，苏末儿带着高黎鹏来到家里。

　　苏末儿的家在鲁南市的东面，这里是一片依山傍海的别墅群，远远一看就是一个大户人家的小区。小区的保卫看见苏末儿带了个陌生人进来，盘问了好久才放高黎鹏进去。高黎鹏的眉头不由得紧锁起来，看得出他心里很不高兴，但尽力克制着。

　　倒是苏末儿一副无所谓的样子笑嘻嘻地对高黎鹏说："这是他们的职责，也是为了小区的安全嘛！谁叫这里住的都是有钱人呢。"

　　高黎鹏紧紧闭着嘴唇不说一句话，只是跟着苏末儿后面走着。

　　庭院很大，种满了花花草草，穿过草地，只见一股亮亮的小溪从脚底流过，顺着溪水看去，绿树丛中隐隐约约露出别墅的一角。苏末儿带着高黎鹏在别墅前停住了。高黎鹏抬头一看，这是一幢三层楼的别墅，底下还有一层地下室。苏末儿告诉高黎鹏，一楼是客厅和餐厅，二楼是主卧室，她住三楼。地下室是佣人房和储藏室。

　　苏末儿还告诉高黎鹏，她父亲苏博超是公司的总经理，而母亲王丽娜是董事长，因为这家公司本来就是她外公留下来的。她家的公司在鲁南可是数一数二的，鲁南的那些头儿脑儿的官员们哪个不认识她母亲。高黎鹏这才明白为什么

学校的同学们都避开正面跟苏末儿发生冲突，连老师看见苏末儿都要让几分。

还没等苏末儿敲门，门就开了，一个佣人打扮的女人热情地招呼他们："小姐，你们来了？"

然后她又朝高黎鹏客气地说："快进去吧，董事长正等着你们呢！"

高黎鹏这时才发觉自己不该来这里，但已经缩不回去了，只能硬着头皮上。

进门就是门厅，苏末儿接过高黎鹏肩上的书包交给女佣，女佣连忙挂到一旁的衣帽架上。高黎鹏注意到，衣帽架的对面竟然是电梯！苏末儿看出高黎鹏的惊讶，笑了笑说："在这里凡是三层楼的别墅都有电梯，免得主人爬上爬下累着。"听得高黎鹏无比感慨，想起小时候，光着屁股每天在高高的山上不知要爬几次，从来没觉得累过，有钱人家到底不一样呀。

过了门厅才是客厅。苏末儿家的客厅很大，雪白的墙壁衬托着一套绛红色的皮沙发显得格外的庄重，一盏金光闪闪的大吊灯从二楼的天花板一直垂挂到一楼的客厅上空。

沙发上端坐着一位体态雍容华贵的妇人，看来这就是苏末儿的母亲王丽娜了。还没等苏末儿介绍，高黎鹏主动打招呼道："阿姨，您好！"

苏末儿的母亲王丽娜早就看见女儿带了一个小伙子进门，她一直打量着这位年轻人，高高的个子，虽然瘦了点，一副营养不良的样子，但小小年纪却露出一副不容侵犯的样子，就连跟她打招呼的态度也是不卑不亢的，看得王丽娜不由得轻轻地点了点头说："请坐吧！"

高黎鹏静静地坐在王丽娜的对面，一言不发地望着她，深邃的双眸里猜不透他在想什么。

王丽娜停顿了一下，开口说："听末儿说，你跟她交往已经有段日子了，所以我们想见见你！"她特意把"交往"两字说得很重，想让高黎鹏明白他和苏末儿仅仅只能算作是"交往"，不能算作"朋友"！

"我和苏末儿是同班同学，跟其他同学一样，一直在同一个班级交往！"高黎鹏镇定地回答，他也特意把"交往"两字说得很重。

"妈，瞧你说什么呢！"苏末儿不满意地插嘴道。

"好好好"，王丽娜见宝贝女儿提抗议了，连忙换了个话题说，"我和她爸爸工作都很忙，我家在国内外有好几家分公司，经常出差在外，因此我们对女儿的要求比较高，希望她将来能成为我们的接班人！"

高黎鹏明白这位贵妇人的潜话题,他想了想回答:"阿姨,苏末儿是个好女孩,她不会辜负你们的期望!"

　　"听末儿说,你对她照顾得很好,我们很感谢你!"

　　高黎鹏觉得此时应该表明一下自己的态度:"我是班级里年龄比较大的一个,所以对同学多关心点也是应该的,苏末儿就是其中的一个。"

　　"看来你是个很懂事的孩子!"苏末儿的妈妈见高黎鹏的回答始终很有分寸,满意地点点头说,"那我就放心了!"

　　"妈妈,你说完了没有? 我们还要出去玩呢!"苏末儿的嘴巴噘得老高。

　　"好了,不说了。你们去玩吧。"

　　"真的?"苏末儿拉着高黎鹏的手就朝门外走去。

　　王丽娜站了起来,微笑地朝高黎鹏说:"去玩吧,我就不留你了,以后希望你能继续照顾末儿。"

　　高黎鹏点点头回答:"我明白!"

　　苏末儿知道这就是妈妈同意他们交往的信号,高兴极了,一路拉着高黎鹏又唱又跳的。

十九、无意中的分组

　　"两位同学可以出来了,马上就要开会了!"外面传来一阵敲门声。

　　竹影做了个手势,苏末儿连忙打住她的故事。竹影打开门,门口站着是张意然,一看竹影出来,连忙通知她:"马上去楼下会议室开会!"

我在
勐巴拉等你

"哎！"竹影答应一声，转身跟苏末儿打了个招呼说："现在我去开会，我们晚上接着聊！"

"嗯，好吧，我也累了，先睡会儿。"躺在床上的苏末儿掉过头就呼呼睡了。

竹影随着张意然来到会议室。会议室里已经坐满了人，她刚坐下，发现对面有一双眼光正对视着她，定睛一看竟是高黎鹏！她想到刚才还跟苏末儿说起他，这会儿又碰到他，心里有点发虚，毕竟她从来背后不议论人的，她把头转向主持会议的老师身上。

"我姓王，大家叫我王老师吧！"主持会议的王老师说，"这次的采风小组人数比较多，大概有一百来个人，应该叫采风团了。"

会场的人都笑了起来。

"为了方便管理和活动，我们按省市分组，每组10个人左右。第一组是海滨市和鲁南市，组长高黎鹏；第二组是燕北市和华西市……"

宣布完分组，王老师对大家说："我们这次活动的主题是由绿色采风、帮困助学和文艺表演三部分组成，活动一共七天。现在我讲一下活动的进程：今天是第一天，会员报到和分组。接下来三天是绿色采风和帮困助学两个内容交叉进行。后三天，一天是成员互相交流，一天是机动，还有一天我们正在与电视台联系，可能会对我们这次活动进行采访；最后一天是文艺演出。然后就是回程了。"

王老师简短地把内容说完，接下来各小组成员进行讨论，只听见高黎鹏在喊："请海滨市和鲁南市的同学到这里来一下，我们开个短会！"

竹影和海滨市另外几个大学的学生刚坐下，高黎鹏就对大家招呼道："不好意思让我做组长，我知道我们小组能人很多，我只能算是个召集人吧！"说到这里他看了一下竹影。继续说，"这里有大名鼎鼎的影子作家，我们推选她当副组长吧，虽然这有点委屈她，呵呵，我可省心多了。"

竹影被他说得有点不好意思，笑了笑摆摆手说："我们都听你的，高组长。"

"这样吧，我们来分个工……"高黎鹏把自己的计划有条不紊地说着，竹影听了不住地点头。

"我说完了，现在已经是下午了，我们大家是不是互相认识一下，或者……"高黎鹏的眼神像是在征求竹影的意见。

竹影笑着对大伙儿说："我们刚到这里，大家对这里的情况肯定很感兴趣,趁天色还没暗下来,大家不如出去逛一圈,边走边交流,这样互相熟悉起来更快些!"

"这个主意好!"高黎鹏点点头肯定了竹影的提议。

"好,我们很想出去看看!"小组其他成员差不多都站了起来,一边走,一边就忙不迭地聊了起来。

一行人说说笑笑走出宾馆,高黎鹏和雷洋肩并肩地在前面领路,竹影和几个女生走在最后,一边走,一边笑谈。

"高黎鹏,你的那位呢?"

"你是说苏末儿?"

"呵呵,除了她还有谁!"

"不知道,她还是别出来的好。"

"她虽然霸道了点,但对你可是没得挑的。"

"哎……"高黎鹏又深深叹了口气。

雷洋和高黎鹏在大学里可是睡在上下铺的好兄弟,高黎鹏和苏末儿的事他多少有点知道,于是劝他说:"事已至此就别想那么多了!有时我真搞不懂,你们两家相差那么大,当初你是怎么会答应做她的男朋友?"

"其实我根本就没答应过!那天我到她家去,以为像她家这样的条件是看不上我这个穷小子的,所以很爽快地答应了苏末儿,想让她父母拒绝我们的来往,这样苏末儿也可以死心了,可没想到她母亲竟然没反对。"

往事又浮现在他的眼前……

那天高黎鹏出了她家门后,苏末儿的高兴劲儿就别提了,她拉着高黎鹏的手大笑道:"你今天的表现很好!你看妈妈同意我们在一起了!"

"大小姐,我是个穷小子,真的不适合做你的男朋友!"一字一顿地对她说。

"为什么?"

"我家跟你家门不当户不对!"

"说了半天,还是个钱字!我告诉你,我在我家公司有股份,将来我把我的股份送给你一半,到那时你就不会说门不当户不对了!"

"你别乱来,这是你的,不是我的!我不需要别人来可怜我!"高黎鹏有点愤怒了。

"我不管,我一定要你跟我门当户对!"苏末儿的倔脾气又来了。

后来,苏末儿不知从哪儿打听到高黎鹏的父母有一手好手艺,就是苦于没有资金,于是她让公司的秦秘书暗中帮忙,拨给高家一笔流动资金,硬是帮他的父母开了一家工艺品作坊。当然这一切是瞒着高黎鹏的,等到作坊初具规模,高黎鹏知道了这一切,追问资金的来源,父母这才告诉他作坊的启动资金是鲁南最大的苏氏企业资助的。

高黎鹏听了简直就是目瞪口呆,气呼呼地朝父母大喊道:"你们知道这苏氏企业是谁吗?"

"是谁?"袁辰辰从来没见过儿子发那么大的火,连忙问道。

高长黎也觉得莫名其妙,不由得朝儿子吼了起来:"你说呀,是谁?"

高黎鹏沉默不语了,因为一切都已木已成舟,再说也无用,他总不见得拆了作坊还苏家的钱。不过,从此他看见苏末儿就更谨慎了,再也不提什么门当户对了,他怕一个言语不慎,苏末儿会不会把她家拆了都搬到他家来。

袁辰辰是个勤快的女人,加上高长黎又是一手好手艺,自从在鲁南市开了这个作坊后,不但站稳了脚跟,还渐渐在鲁南颇有名气了。王丽娜让秦秘书把袁辰辰请来。

王丽娜出生在英国,一口流利的英语。在家中是老末,所以给自己的独生女儿起了个"末儿",意思是老末的孩子。她有个规矩,在公司里是不允许属下称她为夫人的,她父亲是原董事长,又长期在国外,退居二线后,王丽娜成了名副其实的董事长。丈夫苏博超是总经理,业务忙的时候,总在国外几个分公司飞来飞去,所以在国内她既是董事长又是总经理。

袁辰辰忐忑不安地跟秦秘书走进办公室一侧的客厅,只见一位衣着华贵的夫人端坐在沙发上,想必这就是那位大名鼎鼎的董事长了,连忙上前恭恭敬敬打个招呼:

"董事长,您好!"

"你来了,请坐!"董事长微笑地朝她点点头,"我该怎么称呼你呢?"

"我姓袁,袁辰辰。"

"辰辰?很好听的名字。"王丽娜笑了笑说,"那我就称你辰辰吧。"

"呵呵。我周围的人都这样称呼我呢,因为好记。"

王丽娜的这声"辰辰"把她们之间的距离拉近了不少,也给以后高家的作坊带来不少的好处。

"听说你家的铺子做得不错,在鲁南竟做出点名堂了!"董事长不由得赞道。

"董事长夸奖了,就这点小本生意还是仰仗董事长的关照呢!"袁辰辰由衷地说,她深知没有这位贵妇人的资助她这个作坊根本不可能开起来。

"是呀,规模是小了点,听说常常脱销,是不是资金有点问题呀?"

袁辰辰不得不佩服董事长的眼力,一语就道出她家的实际困难,叹了口气说:"是呀。"

这时,秦秘书端了一杯茶递给袁辰辰,笑着安慰道:"你别太担心,我们董事长这次请你来,就是想帮你的忙呢!"

"这,这怎么行呢?上次的钱我们还没全部还清呢!"

"哈哈,你放心,连同这次的,就算我们公司对你家企业的投资吧,以后你盈利了,再给我们利润吧。"王丽娜说完朝秦秘书使了个眼色,秦秘书会意地拿出一份文件递给袁辰辰。

袁辰辰一看,原来是份投资合同,上面写着由王氏集团出资一千万投资高家企业,以后以每年利润的百分之四十作为投资回报。

"一千万?"袁辰辰以为自己看花了眼,这对她家来说可是个天文数字呀!

秦秘书见谈得差不多了,就向袁辰辰递上一支钢笔说:"如果没有什么疑义的话,请在这合同上签字!"

袁辰辰直到这时还不相信这馅饼怎么会从天上掉下来,接过钢笔颤抖地签下了"袁辰辰"三个字。

接下去的谈话自然是轻松的,王丽娜似乎有点不经意地提起高黎鹏:"听我女儿说,你儿子与她是一个班级的同学。"

"是吗?我怎么不知道。"袁辰辰有点糊涂了。

"他还到我家来过一次。我见过,是个不错的小伙子!"

"怎么?他还来过你家?没给你家添麻烦吧?"袁辰辰好像有点明白这位董事长为什么对她家的事这么了解,难不成是儿子告诉她女儿的?

"你儿子没告诉过你?"董事长有点好奇,为什么高黎鹏没跟自己的父母提起过与她女儿交往的事,与鲁南屈指一首的富豪交往,这在常人的眼里是一件值得炫耀的事。

"没有，压根儿没提起过。"袁辰辰老老实实地回答。

"嗯。"董事长陷入深深的思索中，她的眼前浮起了丈夫苏博超年轻时孤傲的样子，看来这个高黎鹏是有点特别。

二十、清明上河图

高黎鹏说到这里，这回可轮到雷洋叹气了："这下你怎么办？以后你家怎么还她家的情呀？"

"这个问题我曾经问过我妈妈，可是妈妈和爸爸完全沉浸在新公司开张的喜悦之中，根本就不理会我的提醒……"高黎鹏接着又叙述了下去。

袁辰辰回家后，高兴地告诉家人董事长投资的事，高黎鹏的父亲高长黎兴奋地在屋里走来走去，只有高黎鹏淡淡地说："你们别高兴得太早，天下没这么便宜的事，你们怎么不想想，她家和我家又不是什么亲戚，而且又相差得那么远，凭什么帮我们？"

高黎鹏的一席话说得袁辰辰夫妻俩面面相觑，一句话都说不出来。

好半天，袁辰辰突然想起一件事，忙问儿子："她的女儿是不是你的同学？"

"嗯。"高黎鹏只用一个字来回答他母亲。

"她女儿叫什么？"

"就是那个经常来我家的苏末儿。"

"什么？就是她？"袁辰辰好像才恍然大悟，平时她经常看见一个女孩到她家来找儿子，难道她就是董事长的女儿！

"你怎么不早说!"袁辰辰埋怨道。

"怎么了?不就是她母亲是董事长嘛,难不成你想巴结她?"

"你这是什么话!我们还不是在家乡实在待不下去了,再说你吵着要上大学,我们只能举家北迁,搬到这人生地不熟的地方,现在好不容易有人肯帮我们的忙,我们感激还来不及,你怎么能怀疑人家的好意呢!"

袁辰辰想起那年家乡遭灾,田里的庄稼几乎颗粒无收,他奶奶也病逝了。想着,想着,泪水不断从眼角流出来。高黎鹏一见母亲掉眼泪了,知道自己言重了。于是走过去,拉着母亲的手说:"好了,别难过了,算我说错了。"

袁辰辰见儿子认错了,到底是心疼儿子的心思占上风,叹了口气说:"以后那个女孩再来我家,你可要客客气气地对人家!"

"好吧。"高黎鹏点点头答应了。

高黎鹏本来就是个懂事的孩子,常言道穷人家的孩子早当家,他怎么不知道父母的艰辛,对苏家的帮助确实是心存感激的,何况和蔼待客本是人之常情,也是一种礼貌,因此以后苏末儿再上他家时,他确实比以前热情多了。

不久,高黎鹏家的公司真的开张了,袁辰辰给新公司起了个名字叫"丽人行雕刻公司",并特意去了一趟苏末儿家拜见了董事长。

这是袁辰辰第二次去苏家,与第一次不同的是,上次她是空着手去的,因为是临时被秦秘书叫去,所以没来得及准备什么东西,而这次不同了,她是有备而去的。

"董事长,我们是从南方的小地方过来的,也没什么好礼物送给你,这是他爸爸自己制作的雕刻品,也略表我们的心意,请董事长笑纳。"她一边说,一边拿出一只精美的扁扁的大盒子,盒子跟其他包装盒不一样,是用薄薄的一层木片制作成的,面积有一张书桌的桌面这么大,打开盒子,里面是一幅雕刻画。

王丽娜只觉眼前一亮,眼前这幅画是她这个走过国内外许多城市都没见到过的。远看像是一幅油画,近看更像是一幅立体画,表面凹凸,清晰地显露出山山水水、雕梁画栋以及鸟语花香,光看这精细的手艺就知道这是一幅上乘的雕刻画。

"这是一幅《清明上河图》,全部画面都是选自古画清明上河图中的模样雕刻的。"袁辰辰介绍道。

"好,好,好!真是好手艺!"王丽娜由衷地赞叹道。

"这是他爸爸花了一年多时间才刻成的,本来想挂在自己家里的,可我家没那么大的客厅,一直搁在那儿。现在好了,挂在这里,那才真正是物有其用了!"

袁辰辰真是个会说话的主,一番话说得王丽娜满心欢喜,连声说"谢谢",并吩咐女佣把这幅画立刻挂在客厅东边的墙上,还站在画前仔细欣赏了好一会儿,这才转身坐下。

秦秘书在一旁连忙提醒王丽娜:"董事长,那么丽人行公司的开张仪式你去吗?"

"去,当然去!"王丽娜当机立断地回答,"这也是我们对传统民间工艺品的支持嘛!"

袁辰辰见王丽娜答应了,总算松了口气。于是微笑地对王丽娜说:"谢谢董事长赏光!"说完起身就告别了。

秦秘书把袁辰辰送到大门口,回到客厅后见王丽娜又站在那幅画面前看了又看,忍不住问道:"董事长,开业那天你真的去?"

"是呀。怎么了?"董事长反问道。

秦秘书心里很清楚,董事长一般不参加中小企业的开业典礼,尤其不会去光顾那种小企业。这次怎么会破例?

王丽娜见秘书一副不解的样子,笑了起来,指了指秦秘书说:"你呀,跟了我这么多年还是没长进。"

"高家的产业正是我们企业的空白。如果把他家的产品冠以'工艺品'的话,不正弥补我们企业的空白吗?"

秦秘书被王丽娜这么一点,总算有点明白了,于是追问道:"是不是想把他们公司归到我们公司的麾下?"

"你这下算是聪明了。不过,眼下还不是时机,等他们公司有起色了,在鲁南打出品牌来,到那时也为时不迟。"

秦秘书不得不佩服董事长的精明,连连点头说:"我明白了,我会经常派人打听丽人行公司开业后的情况,随时向你汇报!"

"还有,你有空多注意一下那个高黎鹏,就是袁辰辰的儿子!"董事长老花眼镜的背后仿佛藏着一副深不可测的眼睛。

秦秘书笑着说:"明白了,我会注意他的行踪的,尤其是他与小姐的往来……"

"妈妈,你又想注意高黎鹏什么呀?"

王丽娜抬头一看,苏末儿正从客厅的弧形楼梯走下来。

"没什么,我在看画呢。"王丽娜立刻把话题转开了。

苏末儿笑眯眯地站在那幅"清明上河图"前仔细观赏着,她虽然不懂那幅"清明上河图"到底值多少钱,但知道能被母亲看中的东西绝不会便宜到哪里去的。

二十一、似曾相识

"其实那幅《清明上河图》是我父亲花了几年工夫抽空雕刻出来的,因为那时刚来鲁南,不可能把所有的活都放下专刻那幅画,是每天晚上我爸爸戴着老花镜一点一点刻出来的,等刻完时我爸的肩膀提都提不起了,从此落下了肩周炎。"高黎鹏的话语里充满了痛惜和不满,"很多商家都看上这幅画,出再高的价钱我爸爸都舍不得买,想不到被我妈妈这么轻松地送了出去,还轻松地说是一年多时间雕刻出来的。"

雷洋拍了拍高黎鹏的肩说:"算了,都过去了,也许当时你妈妈也没别的更好的礼物送她家了,毕竟她家投资了那么多钱。"

高黎鹏无言了,"钱"这个字古往今来有多少人拜倒在它的脚下,说是无奈,但有时表现出来又是那么心甘情愿。

"高黎鹏,带上我!"远处传来苏末儿的叫声。

"呵呵,你看说到曹操,曹操就到!"雷洋指着后面追来的苏末儿说。

高黎鹏的眉头不由得皱了起来,但还是显出很耐心的样子问:"你不是说累了要睡一会儿吗?怎么又跑来了?"

"刚才睡过了呀,这会儿你们出去逛怎么不带上我呀?"苏末儿的嘴又嘟了起来。

"好啦,你不是已经来了吗?"高黎鹏怕她没完没了,连忙打断她的话说,"好好跟着,别跟丢了!"

"知道了!"苏末儿是个脾气来得快去得也快的女孩,见高黎鹏答应带着她一起去逛,那高兴劲儿早把刚才的不快丢到九霄云外了。

勐巴拉古镇的大街小巷里到处都是店铺,紧密地连接在一起。所有的店铺不但满满当当,而且还呈现出五彩纷呈,有做工精良的皮制店,有挂满风铃及挂件的工艺品店,还有古老繁复的银饰店和工艺细致的雕刻店,最受女孩子们欢迎的是出售围巾和披肩的店。

这时最快活的就数苏末儿了,跑前窜后的,唧唧喳喳的全是她一个人的声音:

"你看,这条围巾很漂亮呀!"

"这花纹多靓丽呀!"

一会儿问高黎鹏:"我披这条好看吗?"一会儿又问身边的女生:"这条呢?"

高黎鹏被她弄得团团转,烦透了,于是就悄悄地溜到后面去,离她远远的。

这时候竹影是最安静的了,一个人东瞅瞅、西看看。勐巴拉,这个梦里不知回来过多少次的地方,今天终于站在她的面前了!竹影竟然有点儿不知所措,甚至有点儿惊慌。她抬起头深深吸了一口气,两眼不停地扫视四周,努力地在脑海里寻找儿时的回忆,哪怕是一点点的影子也好。

勐巴拉已经跟过去完全不一样了,沿街的房屋几乎全用来开商店,这些店铺有个共同的特点:卖的都是或古旧、或悠远、或飘忽的物品,这一切又似乎与古城无关。竹影的眼光急切地扫视着、寻找着,但又不得不在这些商品上停留。

这一切引起了走在后面的高黎鹏的注意,从竹影出现的一开始,他就对这位女孩有种说不出的感觉,以前他一直认为那种似曾相识的感觉只是在小说或电影里才会出现的镜头,他是从来不相信的,可眼前这个女孩真的很特别。

忽然他的眼神愣住了，原来他看见竹影停留在一个弄口，这是一位纳西老太太摆的小摊，放着纳西粑粑、鸡豆凉粉等食品。竹影盯着那黄灿灿的粑粑看了很久，还是忍不住买了一包，当场就站在小铺前吃了起来。

这与显露出优雅姿态的她大相径庭，真是不可思议！高黎鹏在一旁看了都呆了。竹影一回头看见有人注视他，没想到竟是高黎鹏，有点儿不好意思，赶忙也递上一块粑粑给他："尝尝，这粑粑很好吃呢！"

高黎鹏接过粑粑问："你很喜欢吃粑粑？"

"是呀，很喜欢吃。"

"你以前吃过粑粑？"

"吃过，是一位老奶奶做的，虽然这个粑粑不如老奶奶的手艺，但很久没吃了，还是觉得不错！"

高黎鹏边吃边点头说："以前我奶奶也做过粑粑，她做的粑粑可好吃了。"

"真的？那你太幸福了！"竹影咬了一大口粑粑说，"你肯定经常吃到你奶奶做的粑粑吧？"

高黎鹏叹了口气说："可是我奶奶早就去世了……"

竹影吃了一半停了下来，抱歉地说："不好意思，让你难过了。"

"没关系，你快吃吧，这东西凉了就不好吃了。"

竹影又大口大口地吃了起来，高黎鹏见她吃得那么香，轻轻地笑了，这样子多么像……想到这里，他的心不由得一跳。

苏末儿东看看西看看，这里的一切对她来说都是新鲜的。一转身，怎么觉得后面没了高黎鹏的人影，连忙回头去找，并扯着喉咙叫道："高黎鹏，你在哪儿？"

终于她在一个小摊边找到了高黎鹏，抱怨地说："还叫我别跟丢了，你倒好，自己溜到后面吃起东西来。"

竹影看见苏末儿也来了，赶忙拿起一块粑粑递给她："快吃，挺香的，还热的呢！"

苏末儿走得累了，嘴馋的她一见有好吃的，马上抢了过来，刚咬了一口，马上就吐出来了："呸！我还以为是什么好吃的呢！"说完就把手中的粑粑往地上一扔。

竹影一下子愣住了，高黎鹏气得脸都黄了，跺着脚说："不喜欢吃就算了，干

吗往地上扔？你这不是糟蹋吗！"

"这东西能吃吗？"苏末儿觉得很委屈。

"既然吃不惯这东西，那你干吗跟着来这个穷乡僻壤？你现在就可以回去了！"高黎鹏本来想说一个"滚"字，但看见旁边还有一个女孩，就强咽了下去。

竹影连忙劝道："算了，算了，不喜欢吃就别吃了。都是我不好，我不知道苏末儿不喜欢吃这东西。"

"这跟你没关系，你不知道，她喜欢吃的东西这里根本就没有！"

苏末儿听了，两眼都瞪出来了，两手叉着腰狠狠地说："我知道这次我来勐巴拉你很不爽，千方百计地挑我的刺，我告诉你，无论你怎么赶，我就是不回去！"

这时雷洋和张意然也回头找他们来了，雷洋见状不妙，一把拉着高黎鹏就朝前走得远远的，边走边劝："你就少说两句，她的脾气你还不知道，说来就来，说去就去的！"

走在竹影旁边的张意然也跟了一句："其实在我们勐巴拉除了粑粑，还有很多好吃的小吃呢。"

"怎么？你是勐巴拉人？"竹影一听"勐巴拉"两字，眼睛顿时一亮。

张意然点点头说："我从小就在勐巴拉长大，后来去了省城读大学。"

竹影急忙问："我跟你打听一个人。"

"谁？"

"一个姓袁的男孩，他叫袁黎，大家都叫他阿黎郎。"

"阿黎郎？哈哈，我们这里叫这个名字的男孩多着呢！"

"是吗？"竹影的眼神黯了下去。

张意然看见竹影有点失望，忙又问了一句："他是你亲戚吗？"

"不是，只是邻居。"

"邻居？你来过勐巴拉？"

"嗯。"竹影点点头，"不过住的时间不长，我只记得邻居家在小街上开了个店铺，专卖小商品的。"

"现在勐巴拉的小街上到处是店铺，你到哪里去找啊。"张意然也觉得这有点难度，"这样吧，以后的几天里有空我就陪你去找找看。"

"真的，太谢谢你了！"竹影一扫刚才那种沮丧的样子，信心似乎又恢复起来。

二十二、希望小学之行

晚上，夜幕降临在勐巴拉的上空，这是竹影回到勐巴拉的第一个晚上，她躺在床上反反复复睡不着，下午她跟张意然的对话还在脑海里转着。这时枕边的手机响了起来，竹影一看来电号码就知道是薛亮的。

"竹影，你到勐巴拉了吗？那里的情况还可以吗？"

"我到了，情况还可以，就是……"竹影不知怎么说才好。

"怎么了？是不是还没找到阿黎郎？"薛亮的口气里充满了急切。

"下午遇到一个勐巴拉的学生，我跟他打听了一下……"竹影把张意然的话又复述了一遍给薛亮。

薛亮一听，松了一口气说："我还以为是什么呢，不管怎么说，如今的勐巴拉古镇上少说也有好几千人吧，一个学生怎么可能都认识。"

竹影被薛亮这么一点，头脑好像清醒了些。

"大概是我太着急了吧。"

"没关系，今天是头一天，接下来几天慢慢找。工夫不负有心人嘛！"

薛亮的话给了竹影很大的安慰，她很感谢上天给了她这么一个知心朋友，总是在她为难的时候给予她帮助。

"谢谢你，薛亮！时候不早了，你也早点休息吧！"

竹影把手机放下,抬头望着窗外黑乎乎的,什么也看不见。

这个夜晚,也有一个人反复睡不着,他就是高黎鹏。白天事让他很生气,苏末儿的突然出现,让他措手不及。他是个爱面子的人,而且在大学里好歹也是个学生干部,平时是怎么给大家立规矩的,现在却没嘴说自己了。还好这里离鲁南很远,否则让同学们知道了肯定会笑话他的,这次毕竟是团市委组织的几个大学的暑期活动,而且参加者事先都经过层层选拔,怎么自说自话想参加就参加呢!

王老师对他的宽容让他感动,并同意临时加苏末儿进来,这已经是破例了,可苏末儿还是像没事人一样,我行我素。

"好啦,别生气了!"雷洋是跟高黎鹏一个房间的,看见高黎鹏站在窗前久久不肯睡觉,干脆起来,点了一支烟给高黎鹏,"来,抽一支,烟能解愁!"

"你这家伙,怎么带上烟了?"

"烟用得着带吗?到处有卖呀!"

"你还在为苏末儿扔粑粑的事生气吗?她是个大小姐,不能对她要求过高。"雷洋知道苏末儿出身富豪之家,娇贵点儿是难免的,于是安慰高黎鹏说,"有很多事是命中注定的,既然已经这样了,好好把握吧!"

一句"命中注定"把高黎鹏说得哑口无言。他从来不相信命运,可现在,他只觉得有股酸酸的热流从心里涌出,涌向眼眶,他深深吸了口气强咽了下去。

清晨,一阵急促的电话铃声响遍了每个房间,这是采风组的起床号,因为怕小组成员贪睡误了时间,所以由宾馆的服务员统一叫醒每个房间的成员。

苏末儿好不容易醒过来,朝旁边的床铺一看,早就没了人影。其实竹影早就起床了,一大早在外面呼吸新鲜空气。

不一会儿,人员渐渐到齐了,王老师招呼大家上车。在车上,王老师拿着话筒对大家说:"今天是我们第一天的活动,是到郊区的希望小学参观,并且要和那里的学生结对子,请大家把自己的礼物准备好。"

"礼物?我可没带礼物呀!"苏末儿一听站了起来,并哇哇地叫,"高黎鹏,这可是你的不对了,你怎么没告诉我要带礼物?"

她的嗓子本来就响,这一嚷嚷,闹得全车厢的人都朝这里看着,高黎鹏连忙一把把她按住,低声地、但却是愤怒地说:"你嚷什么?"

"你吼什么?"苏末儿还想说些什么,被坐在后面的竹影拉着轻声说了句:

"没关系的,我带了好几件礼物,给你一件吧。"

苏末儿一听就乐了,扭头对高黎鹏说:"你听听,还是影子好!"

高黎鹏瞪了她一眼说:"你还好意思说!"

"好了,你们就别争了,快坐好,车马上就要开了!"竹影微笑地劝高黎鹏。

"就是嘛,开车了!"苏末儿高兴地叫了起来。

张意然不满地撇了一下嘴:"好难伺候的大小姐,脾气好大呀!"

车辆启动了,大巴士载着满满一车人朝希望小学驶去。大巴士一路开,一路颠,拐了好几个弯才到山坡脚下的希望小学。

高黎鹏第一个跳下车,他直直地站立在学校门口,好像在回想什么,又好像在沉思什么。

"你们来了,欢迎,欢迎!"门口出来了两位老师,后面还跟着好多孩子。领头的是位男老师,看样子有五十多岁了。他一笑满脸就布满了皱纹,好像把岁月都刻在了脸上。他向大家介绍:"我就是这里的校长,我姓徐,这位是张老师。"

张老师连忙上前跟大家点头招呼:"同学们请进吧!"

进了校门,一排简陋的房屋出现在大伙儿面前,整个校舍只有一层楼,四五间房子。徐校长走在前面,边走边介绍说:"这是一二年级的教室,这是三四年级的教室,这是五年级的教室。六年级的孩子们就要到其他的镇上去就读了,这里教室不够,主要是教师不够。"

"你们学校还有厨房。"张意然指着其中一间厨房好奇地问道。

徐校长笑了笑说,"我们这儿人手少,我教一年到五年级的数学,张老师教语文。厨师嘛,只能我兼了。"

"你做厨师?"雷洋问道。

"我们这里的学生大都来自小镇附近的农村,父母有的在外打工,有的忙着干活,很多孩子的午饭没有着落,所以我们就想办法开了这个厨房,简单烧一些菜。"

竹影听了,不由得往厨房里走去。一只很大的灶头,上面放着一口大锅。旁边有个大水缸。她拿起其中一个竹篓看了又看,里面放着几棵大白菜和几根辣椒。

她指了指竹篓问:"这些菜是谁提供的?"

"这些菜大部分是自己种的。"张老师带领大家绕到教室后面，指着一片菜地说，"这就是我们学校的菜地。"

徐校长补充道："还有一些菜是乡亲们送来的，比如猪肉、鱼等。每年过年是我们学校最热闹的时候，许多乡亲都送一些食物来，我们把这些东西都腌制起来，学生们平时就有荤腥吃了。"

这时候，高黎鹏已站在教室门口，朝雷洋等人做了个手势，竹影和雷洋会意地点了点头也走进教室。

教室里放着十几排桌子和椅子，许多学生都坐在那里，看样子刚才他们是在上课，这会儿看见来了这么多人，不免有点拘谨。

"同学们好！"雷洋微笑着朝大家挥手。

"大哥哥、大姐姐们好！"孩子们被雷洋笑呵呵的样子逗乐了，气氛一下子就缓和了。

竹影接着问："刚才你们是不是在上课呀？"

"是呀！"

"上什么呢？"

"语文课。"

"念一段课文给我听听好吗？"

"好啊！"孩子们从来没见过这么多人来看他们上课，尤其是听他们朗读课文，于是兴奋地朗读了起来，"勐巴拉，你是我美丽的故乡！在这里有山、有水、有农田，还有抚育我们成长的爸爸妈妈……"

孩子们刚念完，竹影和雷洋就鼓起掌来，雷洋高兴地说："小朋友们朗读得真好！我跟大家介绍一下，这位是作家影子，请她跟大家朗诵一首她写的散文诗，怎么样？"

"好啊！"孩子们欢声雀跃起来。

面对这么多孩子的邀请，竹影不再推辞什么，她微笑地说："我给大家朗诵一首散文诗《勐巴拉，永远的记忆》。"

她站在讲台中央，清了清嗓子轻轻朗诵起来：

这是一个美好的晨曦，我闯入这片神奇美丽的地方——勐巴拉。

一切是那样的偶然，就像邂逅一位心仪已久的白马王子，毫无准备地与你匆匆相遇。

勐巴拉，你像一树树繁花，摇曳出我的柔情与遐想。这一刻，所有芬芳的花朵都向我开放，所有的诗句在一瞬间突然复活，缘着我的梦、放牧着你的笛声和我的舞姿。

遇上了你，在那个美丽的季节，心头的鲜花早已盛开。悠悠的青石板路，留下了千古传奇的东巴文字。精灵一样的古城，留下了多少历史的足迹。从此，勐巴拉就停留在我的梦中，绽放着绚丽的色彩，开满我每个夜晚。

如今，我又一次来到你的面前，你是否看见那双眼睛，为了遗落的记忆苦苦追寻。此刻，我的心里渴望远方有个你，悠然地走来，那衣袂翩翩只是为了我。

这个夜晚，我独自走在勐巴拉的小路上，只奢望一个遥远的约定：一个刚毅的你与我携手走过人生灿烂或灰暗的日子，让我孤独的小船搁浅在你温暖宁静的港湾里。

当零点的钟声响起，岁月又多了一个美丽的休止符。刹那间，我的魂魄迷失在这里，泪水随风飞向这古老的小镇。勐巴拉，我仍是你匆匆的过客，你却是我永远的记忆！

竹影念完，眼里早已包含泪水，刹那间，孩子们一起鼓起掌来，把小手都拍红了。

"老师，您写得真好！"孩子们纷纷要求。

"是呀，写得真好！"这是高黎鹏的声音，他靠在教室的门栏上呆呆地听着竹影朗诵，不知不觉一股闪动在眼眶里晶莹的液体悄悄地流了下来。

竹影微笑地对孩子们说："你们正在上课呢，过几天我们还要文艺表演，到时候一定请同学们来观看！"

"真的？还要文艺表演？太棒了！"孩子们都高兴地笑了。

"对对对，现在我们就给大家发礼品吧！"带队的王老师连忙朝雷洋等人招了招手。雷洋和高黎鹏连忙把准备好的礼品端了上来，孩子们排着队，一个个上前领取礼品，笑得嘴都合不拢。

二十三、一幅奇怪的雕刻画

接下来两天,采风组分成几组参加了植树、采访和助困等活动,虽然很忙,但大家的劲头还是很足的。

夜幕又悄悄降临在勐巴拉的上空,小镇开始安静起来,采风小组回到宾馆后,大伙儿都觉得有点累,不少人都早早洗完澡,躺在床上看电视了。只有苏末儿有使不完的劲,一个劲地缠着高黎鹏出去逛逛。

高黎鹏这几天真有点累了,再说他很想找影子聊聊,那天在希望小学影子念的那首诗深深印在他的脑海里,尤其是那句:"如今,我又一次来到你的面前,你是否看见那双眼睛,为了遗落的记忆苦苦寻觅。此刻,我的心里渴望远方有个你,悠然地走来,那衣袂翩翩只是为了我。"不知怎么的,他心里有一种说不出的异样感觉,难道她以前来过勐巴拉?

这会儿看见苏末儿硬拉他出去玩,觉得烦透了,于是不耐烦地回答:"我累了,不想出去!"

"你不去,我一个人出去!"苏末儿赌气转身就走。

"你一个女孩子家独自出去不安全!"高黎鹏上前连忙拦住她。

苏末儿见状心里暗自高兴,说明他心里还是有她的。于是不依不饶地说:"那你就陪我去,好吗?"

"哎,你怎么得寸进尺呢!"高黎鹏摇了摇头说。

竹影远远看见他们俩又起争执,连忙上前劝说道:"苏末儿,我正好也要买点东西,我陪你去吧。"

高黎鹏见竹影也想出去,心想这正是个好机会,连忙说:"我陪你们去吧,毕竟晚上了,女孩子出去不放心的。"

"好你个高黎鹏,我说了半天你不肯陪我出去,影子一说出去,你立马就肯了,哼!"

"你……"高黎鹏一时被她噎住了。

"来来来,我们四个人一起出去逛逛,但你要管住你的嘴巴!"竹影三人一起回头,站在他们背后的竟是张意然!他已经在这里站了好久了,只是他们只顾说话没看见不远处有个人一直在看他们争论。

"好好好,我做哑巴!"苏末儿把手指做了个大叉放在嘴巴上,竹影哈哈大笑起来。

四人一起朝小镇走来。

辛苦了一天的小镇,此刻家家户户都亮起了灯,竹影走在小街上,心情说不出是激动还是沉重,已经来了几天了,有关阿黎郎的音信全无。环视四周,与当年的小镇不一样的是,过去小镇上的人们是日出而作,日落而息。如今的小镇,夜晚成了人们展示自己另一面的舞台,所有店铺没有一家像是要打烊的样子,全都满满当当地向四方来客展示着。

张意然特意走在最后面,刚才这一幕他全看见了,他最看不惯苏末儿老是摆出一副大小姐的架子。走在最前面的自然是苏末儿了,她永远是那么没心没肺地快乐着,全然忘了刚才说出的话,拉着竹影的手,一边走,一边朝着两边的店铺指指点点。

其实竹影今晚真的很想出去逛一下,来勐巴拉已经好几天了,可是关于打听阿黎郎的进展一点没有,眼看连活动结束的时间越来越近,她的心情也越来越沉重。薛亮倒是每天一个电话的询问,然后又是每天一次的安慰:"别着急,会找到的。"

"别着急,别着急,你还会不会说点别的!"竹影终于忍不住了。

"可是,你着急有什么用呀?"薛亮耐心地劝道,"毕竟过去那么多年了!"

是呀,整整八年过去了,在这举目无亲的异乡,想要打听一个人谈何容易!

"对不起,薛亮,我不该发火。"面对无辜的薛亮,竹影非常抱歉。

"别难过,慢慢找,总能找到的。"但薛亮的心里不知是找到好,还是找不

到好。他矛盾极了。

"你看！"苏末儿一把拉起竹影手说，"这丝巾真好看！"

竹影的思绪被打断了，只好朝苏末儿的手里看去。

"不错！"竹影看见一条七彩的丝巾在苏末儿手里飘逸。七彩色，她的心又悸动了一下，她知道纳西姥姥最喜欢七色的蔷薇花了。对了，来了这么多天，一直忙于活动，还没去纳西姥姥的墓前去看看呢，这是妈妈临行时特意关照她的。

高黎鹏一直走在最前面，别看他特意离苏末儿远点，其实他是在找机会跟竹影聊一聊。这会儿看见两个女孩正聊得起劲，反而不好意思去打断她们了。

就在这时，竹影的脚步停住了，苏末儿也停了下来，不解地问："你看什么呢？"

"我在看雕刻。"竹影指了指前面一家小店说，"我们进去看看好吗？"

苏末儿随着竹影踏进小店。

这是一家不大的店铺，比起当年阿黎郎家的小店要大些。店铺靠墙的两排货架上，放满了一个个雕刻物品，大都是动物和人物头像，虽说是形态各异，但在竹影的眼里比起当年阿黎郎家的雕刻逊色多了。

苏末儿也上前拿了几件看了看说："不好看，一点都不好看！"

店主的脸色一下子难看了，苏末儿还想说下去，被竹影一把拉到门外说："你又来了，能不能不说呀？"

苏末儿不服气地说："是不好看嘛，我是实话实说！"

"我们还是走吧。"竹影知道苏末儿一说起来没完没了，马上拉起她的手就走。

离开小店很远，竹影才松了口气，笑着对苏末儿说："你忘了张意然刚才对你说的话？"

"什么话？"苏末儿早已忘了张意然的警告。

"他让你管住你的嘴巴！"竹影大笑了起来。

苏末儿也笑了起来，然后压低声音对竹影说："你知道吗？这家店里的雕刻根本就没高黎鹏刻得好！"苏末儿得意地说。

"什么？高黎鹏会雕刻？"这回轮到竹影睁大眼睛了。

"当然啦。"苏末儿边走边说，"在他家公司开业的那天，我亲眼看见的。"

苏末儿用手比画着说："那幅雕刻足有半人多高，像一堵墙一样，你猜刻着什么？是一匹骏马！"

"马？"

"是呀，最奇怪的是马背上竟坐着两个孩子……"

苏末儿说到这里，竹影忍不住脱口打断她："两个孩子？是不是一个男孩和一个女孩？"

"是呀，你怎么知道？"

"男孩手里拿着什么？女孩呢？"竹影迫不及待地一口气问了好几个问题。

苏末儿对竹影的问题感到有点奇怪，但还是继续叙述下去："男孩手里紧紧握着一条粗粗的缰绳，但女孩手里拿的东西有点不合时宜。"

"什么不合时宜？"竹影呼地一下子站在苏末儿的前面，两眼直勾勾地望着她。

"你猜是什么？"苏末儿神秘地告诉竹影，"是一只风筝！"

"风筝？！"

"对，奇怪的事还在后面呢！你猜风筝上写着什么？"

"什么？"

"风筝上写着一个'药'字！"

竹影闻言一下子愣住了，跌坐在路边的木椅上，一句话也说不出来。

二十四、墓地相遇

清晨，当第一缕阳光透进窗户时，高黎鹏就醒了，他一贯起得很早，看了看表还早呢。昨晚他一回宾馆就同带队的王老师打过招呼了，反正七天活动中有

一天是机动的,就放在今天吧,这几天大伙儿也累了,休息一下也好。

他好久没回家乡了,趁休息正好办一件自己的事。他悄悄起来,没惊动雷洋,也没告诉苏末儿,因为跟她说了,她就会像根尾巴一样跟着他,他哪里也去不成。

他出了门一路朝着小镇的西边走去。镇子的西边必须穿过镇子中心一条条小街,这一排排似曾熟悉的店铺并没有使他的脚步停下来,尽管他的目光不停地向四周扫去,像是在寻找什么,但脚步却越来越快。

到了镇子西边,快要出镇口时,他的脚步一下子停住了。他扫视了一下四周,目光里充满了失望和无奈,他想找个人问问,但四周并没有什么行人路过,他只能作罢。然后转身朝镇外的雪山走去。

夏日的雪山,虽然山脚下已是大热天,但山上终年不化的雪山闪出一片片光亮,仍让人感到一丝丝凉意。

山脚的转弯处是一个墓区,墓区简洁而又庄重,象征着勐巴拉人朴素、诚朴的品质。地上修正过的绿色的草地告诉来这里的路人,这里经常有人在打扫,还夹杂着各种野花,倒也给墓区点缀了不少气氛。

高黎鹏走到靠近墓区旁边的一个墓碑前停住了。这里安放着他的奶奶,一位基诺族老人。高黎鹏刚说了一句:"奶奶,我来看你了。"顿时就潸然泪下。

他已经很久没回勐巴拉了,这么多年他不知自己在忙什么?尽管有时还会梦到奶奶,但总觉得奶奶的形象离他越来越远。如今,当他回到勐巴拉,站在奶奶的墓前,奶奶的形象一下子变得清晰起来,儿时的事好像就发生在昨天。

附近不远处也有人在祭奠,带着香烛之类的东西。高黎鹏这才发现自己什么也没带,他拍了一下脑袋,哎,怎么这么糊涂!

他双手合十轻声说:"奶奶,请你原谅,我来的匆忙,没来得及带东西祭奠你,对不起!"

"不用对不起,东西我带着呢!"身后突然传来一声清脆的话语,高黎鹏猛地一惊,回头一看,原来是影子!他这一吃惊比刚才听到声音还要厉害。

"你,你怎么来了?怎么到墓区来?"高黎鹏显得有点语无伦次。

"我来看看,顺便了解一下基诺族和纳西族人的一些民风习惯。"竹影平静地回答,好像她事先知道他要问她话的。

"到墓区来了解民风?"高黎鹏不解地问。

"是呀，不可以吗？"

"噢，我想起来了，你是作家！"高黎鹏怪自己又糊涂了。

"别说了，还是干正事要紧。"竹影把手里的一束鲜花递给他。

高黎鹏一看是一束鲜艳的七色蔷薇花。

"好漂亮的蔷薇花呀！"高黎鹏拿着鲜花不由得赞道，"我想起小时候有位纳西姥姥特喜欢蔷薇花，她去世后，她的墓前放满了美丽的蔷薇花。"

"纳西姥姥？"竹影听了热泪盈眶，她刚想说："你还记得纳西姥姥？"可又强咽了下去。

"你还带了粑粑？想得真周到！"高黎鹏感激地说。

可竹影并没回话，只是默默地双手合十，在墓前轻声祈祷："奶奶，我来看你了。你还记得小时候的竹影吗？"

当然高黎鹏并没听到她说些什么，只看见竹影口中念念有词，心里感慨道："真是位善良的女孩！"

其实一清早竹影就到墓地来了。这是她盘算了好久的计划，也是妈妈再三叮嘱的事情。

当她路过镇西口时，脚步变得沉重起来，心情也随着沉重起来。在这里她毕竟生活了几个月，这是一段多么难忘的日子呀，也是她人生最重要的经历之一。可是如今这里一切都变得陌生起来，纳西姥姥的屋子早已破旧不堪，连旁边阿黎郎家堆放东西的小屋也找不到原先的影子。

当她准备离开墓地时，却看见了高黎鹏！

"你奶奶是什么时候去世的？"竹影转身问高黎鹏。

"就在我十五岁时，家乡遭了灾，奶奶病了，她舍不得花家里的钱，一直瞒着，等到家里人知道已经晚了。"

"哎……"

"后来听医生说，其实这病并非不治之症，只是耽搁太久，加上饥饿……"高黎鹏说不下去了。

"你别太难过了，你奶奶知道你现在这么努力，还是个大学生，她会高兴的！"

"嗯。"高黎鹏点点头。

"后来你是怎么离开勐巴拉的？"竹影问道。

"奶奶去世后的第二年,我们在家乡实在待不下去了,就举家北迁,因为我们有个亲戚在鲁南,所以一家子就投亲靠友来了。"

"噢,原来如此!"

"可是一到鲁南才知道那位亲戚早在半年前已去了国外,我们一家子在鲁南变得举目无亲了。"

"啊?"竹影脱口而出,"那怎么办?"

"再回勐巴拉是不可能了,因为我们连回去的路费都没有了。于是一家子就租了一间小屋,爸爸干起了老本行,妈妈除了干家务,还帮人洗衣服、带孩子,赚点小钱养家糊口。"

"后来就遇到了苏末儿?"竹影接上去问。

"我在上高中时才遇到她的。我上学比较晚,所以我比同学们都大一两岁。刚上了一年学,因为家境不好差点辍学。"高黎鹏说到这里眼神就黯淡了下来,这是一段他最不愿意回忆的往事。

"过去的事就不要再提了,我听苏末儿说起过,亏得她家的帮助,才使你家有了转机。"

"怎么?她跟你说起以前的事?"高黎鹏有点激动,"她又在显摆她家的条件了。"

"没有,你误会了!"竹影连忙解释,"看得出她是非常地爱你,你别辜负她的一片好心!"

"哎……"高黎鹏狠狠地敲了一下自己的脑袋,他恨自己不争气。

"你应该感到高兴,她是爱你的!"竹影说到这里,心里觉得一阵痛。

"哎……"说到苏末儿,高黎鹏除了深深叹息,不知道该说什么,

"想问你一个问题,你以前也叫高黎鹏吗?"竹影终于说出自己最想证实的话。

"我上中学后一直叫高黎鹏。"高黎鹏看了一下竹影,奇怪她怎么会问这个问题,"怎么了?"

"没什么,只是随便问问。你们基诺族的姓名跟汉族也差不多的,也有姓高的。"竹影掩饰道。

"说起基诺族,我想起来了,我小时候叫袁黎,跟我妈妈的姓,后来长大了,才跟爸爸的姓。"

"你叫袁黎？"竹影差点叫了起来。

"是呀？有什么不对吗？"高黎鹏看着激动的竹影，惊讶地问。

"没什么，你说下去……"

"我们基诺族以前有个习惯，男女双方先恋爱，等有了孩子后才正式结婚。虽然等到我们父母这代已经没这个规矩了，但孩子刚出生时习惯随母姓，长大后才改过来随父姓，但名字中一定要有父亲名字的最后一个字。"

高黎鹏说这儿笑了笑说，"我母亲姓袁，我父亲姓高，名长黎，所以长大后我就叫高黎鹏了！"

竹影的头"轰"地一响，她终于站不稳了，摇摇晃晃地扶着墙壁，不让自己倒下。

"你怎么了？"高黎鹏连忙一把扶住脸色苍白的竹影。

"没，没什么，我身体有点不舒服，我们回去吧。"

二十五、光盘碎了

快到中午的时候，苏末儿才醒来，她是出了名的睡懒觉。平时在家里，双休日只要不出去玩，一般情况下她都在床上躺着，谁要是叫醒她，那简直就是找死。好几次，家里的佣人见她中午还没醒，已经两顿没吃了，怕她饿着，于是好心准备了一盘她最喜欢吃的点心端上楼去，想唤醒她，结果被她一顿臭骂，还差点把盘子打翻，从此再没人敢打搅她睡觉了。

昨晚带队老师宣布今天排练一下后天要演出的节目。苏末儿本来就不

是采访组的成员,演出自然没她的事,所以睡觉就成了她的头等大事。

四周静悄悄的,没有一个人。她只觉得肚子一阵咕咕叫,看来是饿了。这里毕竟不是家里,她只要一叫唤,佣人马上端上好吃的,在这里什么都不如家里!想到这里,她只能爬了起来,朝外面走去。

她在宾馆的餐厅里遇到了张意然,张意然一看见她走了进来,就讽刺道:"哎呀,苏大小姐起来了?这不还早呢,太阳还没西下呢!"

"你这是什么意思?"苏末儿最讨厌别人阴阳怪气地说话了。

"没什么意思,我是说现在还早着呢,你还可以去躺一会儿,你们这些有钱人不都是白天不出来,晚上才出来的吗?!"

白天不出来,晚上才出来,这分明指的是老鼠嘛!

"你!"苏末儿气得话都说不出来。

张意然见状哈哈大笑了起来。

苏末儿抬起头向四周望了望,想找个救兵来好好治治这个该死的张意然,这时才发觉餐厅里并没有几个她认识的人。

"哎,我本来就不是他们的成员!"苏末儿这才意识到自己随高黎鹏一起来是件多么荒唐的事。不过,她的个性一直就是想怎么样就怎么样,从来不知道什么是后悔。

"高黎鹏!"她突然想起高黎鹏来,于是站起来大声叫道。

"别叫了,高黎鹏一大早就出去了。"张意然又冷冷地说。

"你能不能别开口,不会当你哑巴的!"苏末儿简直就恨死了这个张大嘴!

"哎,不信你问雷洋。"张意然终于吃完了,抹了一下嘴起身就走。

苏末儿这才看见雷洋,于是便问:"你看见高黎鹏上哪儿了?"

"我也不知道,早上我起来时就看见他不在了。"雷洋也为找不到高黎鹏郁闷了一上午呢。

她随口又大叫道:"影子,影子!"

刚要走出餐厅的张意然突然转身大声对苏末儿说:"影子也出去了。"

高黎鹏和影子都出去了?苏末儿感到有点奇怪。她连忙又回到宾馆的房间一看,果真影子的床铺干干净净,她的背包也不见了。

"都出去了,也不带上我,哼!"苏末儿的气不打一处来,随手拿出一本书翻了起来,不经意地把一张亮晶晶的东西掉在地上。

就在这时,外面传来敲门声,苏末儿起身开门,见是一位女生,于是问:"有什么事吗?"

"影子在吗?"来人问。

"不在!"苏末儿气呼呼地回答。

"我是来告诉她下午排练的事,等她来了,麻烦你告诉她,我们在会议室等她。"

"关我什么事!"说完就朝床上一躺,不料被脚底那亮晶晶的东西一滑,狠狠甩出去。

"背透了!"苏末儿用脚狠狠踩上去,只听见脚底下咯咯作响,狠狠骂了一句:"什么破东西!"

她低头一看,原来是张光盘,光盘早已被她踩碎,只看见依稀几个字:"飘扬在勐巴拉的风筝"。

"会不会是演出的光盘呀?"苏末儿有点慌了,"想不到这个作家还会表演?"

"怎么办?怎么办?"

"哼,胆小就不是我苏末儿,我让它来个无影无踪!"说完,拿起光盘朝窗外狠狠地扔了出去,然后拍了拍手出去了。

从墓地出来后,竹影就借口说有点不舒服,扔下一头雾水的高黎鹏自顾自地走了。她的脑子相当乱,她需要一个人静一静。

尽管竹影克制住自己不与阿黎郎相认,但她还是忍不住声泪俱下地打电话告诉薛亮在墓地与阿黎郎相遇的经过。

"为什么不告诉他,你就是竹影?为什么不告诉他,你找了他那么多年?为什么不告诉他,为了他你拒绝了多少男生的追求?"薛亮在电话里愤怒地问。

"可他现在已经有女朋友了,而且他们很相爱!"竹影泪流满面。

"什么相爱?还不是为了钱!"薛亮鄙视道。

"不许你这么说他,他也是有苦衷的。"

"哎,你就是这么善良!"远在海滨的薛亮无奈地说。

"等演出结束了,我马上就回来。"竹影边哭边说。

"别难过，我来接你！"薛亮终于下定决心，他绝不能容忍竹影受到伤害。

"不，海滨离勐巴拉太远了。"

"我真不该让你一个人来勐巴拉！"薛亮在电话里后悔得直拍自己的脑袋。

竹影一回宾馆就被其他几个学生拉去排练了，当她拉开床头柜的抽屉时，不由得愣住了，那张光盘找不到了！

她上上下下把床头柜翻了个透，就是没光盘的影子，会到哪里去呢？她呆呆地坐在床边发疯一样地回想，但就是想不起来。

"怎么办？后天就要演出了。"竹影一时没了主意。

"影子！"外面又传来呼叫她的声音，"快点，大伙儿都等着你呢！"

竹影只能空着手去会议室。会议室里人声鼎沸，唱歌的、朗诵的……真是热闹非凡，只有她失魂落魄的样子。

"怎么了？"张意然第一个看见她走进来。

"演出的那张光盘不见了！"竹影说着眼泪差点掉了下来。

"怎么会丢了？"

"我也不知道，本来放在床头柜里的，可刚才我去拿的时候却不见了。"

"会不会被其他人借去了？"雷洋也过来了，他想起来同房间的还有苏末儿，"要不问问苏末儿。"

"苏末儿不在房间里。"竹影连忙解释。

"这就奇怪了，会上哪儿呀？"张意然也有点着急了。

这时，王老师朝大家拍了拍手高声说："大家赶快排练，后天可是我们采风组最后一场活动，一定不能出什么差错呀！"

竹影听了，便一头冲了出去。张意然和雷洋不放心地跟着也出去了。

"你上哪儿去？"雷洋大声问道。

"我再去找找看！"竹影顾不上回头。

"我们帮你一起去找！"张意然拉起雷洋紧跟在竹影后面，当他们急匆匆朝宾馆的走廊里跑去的时候，差一点没撞上刚从门外进来的高黎鹏。

"你们这是干吗？"高黎鹏一把拉住雷洋问道。

"影子的光盘不见了，后天演出要用呢！"雷洋简单地把事情的经过说了一遍。

高黎鹏二话没说，跟着他们就走，到了竹影的房间，他们仔细把房间里所有的东西都检查过了，就是没有光盘的影子！

高黎鹏在房间里不停地走来走去，当他再一次走到离床头柜不远的窗户前时，无意地朝窗外望去……

"啊！"不远处的草地上躺着一个圆圆的东西，正在太阳底下发出亮晶晶的光芒，他心里忽然闪过一个念头，会不会……

他顾不上那么多了，连忙向楼下冲去。张意然和雷洋不解地看着他，接着也跟着冲了下去。

高黎鹏以最快的速度跑到草地上，走进一看，果真是一张光盘，他欣喜若狂地拿了起来，可仔细一看，他呆住了，光盘上出现了好几道裂痕，很明显是被脚踩坏了。

"是谁？是谁踩的？"张意然握紧拳头问道。

"怎么办？没了这音乐伴奏，叫影子怎么演出呀？"雷洋说出了大家心里最担心的话。

"高黎鹏，你最好查清楚这是谁干的！最好不要告诉我，是你的那位苏大小姐干的！"张意然愤怒地朝高黎鹏挥了挥拳头。

"苏末儿？不会吧。"雷洋摇了摇头，他实在想不出苏末儿为什么做这件事的理由。

"她们房间只住了两个人，除了影子就是她了，你不会说是影子自己把光盘扔出去的吧！"张意然指着高黎鹏大声嚷嚷，"你的那位苏大小姐是什么脾气你最清楚，她做任何事还需要理由吗？"

此刻的高黎紧绷着脸，一言不发，两眼直盯着光盘上看，上面清楚写着"舞曲《飘扬在勐巴拉的风筝》"。

"啊，风筝！"高黎鹏心里不由的为之一振，他想起了小时候，竹影……风筝……

想到这里，高黎鹏只觉得身后有人拉了他一下，回头一看是雷洋拉了他一下，并指了指面前，原来是影子站在了他们面前。

二十六、他打了苏末儿一记耳光

竹影从楼上的窗户前看见他们拿起光盘的那一刻,就知道是怎么回事了,现在她站在大伙儿面前说不出一句话来,她默默地从高黎鹏手里拿过那张破碎的光盘,然后一言不发地转身就走了。

"等等",高黎鹏高声问:"你这里面是不是一首笛子伴奏曲呀?"

竹影只觉得浑身一颤,头也不回地朝楼上奔去。

整个下午,竹影把自己锁在房间里,关掉手机,说什么都不肯出去。短短一天里,发生了很多事,让她措手不及,脑子里一片混乱。

目前最让她难过的是那张破碎的光盘,这可是薛亮和她辛辛苦苦创作的曲子,然后再录音后刻成光盘的,眼看明天就要演出,怎么办?

这时门外传来敲门声,起先很轻,后来越来越响,竹影觉得再不去开门,这门就要砸开了。

"是你?"门开了,进来的是高黎鹏。

"我不放心你,所以来看看!"

竹影脸无表情地看了他一下,她觉得此时的她已经无话可说了。

高黎鹏看了看眼前的姑娘,心里有说不出的难过,他很想安慰她,但又无从说起。

"你的那首舞曲有没有曲谱呀?如果有,我试试,我会吹笛子,说不定能弥补这个缺陷。"高黎鹏觉得这是现在最能解决问题的办法了。

"谱子？"竹影眼睛一亮，对呀，有了谱子就可以再演奏呀！她连忙回答："有，只是在海滨，没带来。"

"没关系，你只要让人从网上传过来就可以了。"

"对对对，我真是急糊涂了！"竹影连忙跳了起来，朝门外走去。

"你去哪儿？"

"去网吧呀。"

"不用去网吧，我跟宾馆联系过了，我们可以用他们办公室里的电脑上网。"

"真的，太谢谢你了！"

"不用谢，还没看到谱子呢，不知是否能帮上忙！"高黎鹏知道时间已经很紧了，在这么短的时间里要熟悉一首曲子，并配合舞蹈，谈何容易！但此刻，他只能试试了。

竹影边朝外走，边打开手机与薛亮联系，因为谱子只有薛亮才有。

"站住！"突然耳边传来一声怒喝声。

高黎鹏和竹影一看是苏末儿。原来苏末儿找了好大一圈都没找到高黎鹏，正走得筋疲力尽回到宾馆，想不到就看见高黎鹏正拉着竹影向外走去。

"好你个高黎鹏，我找了你好半天都没找到你，原来你拉着别人又要出去。"

高黎鹏再也忍受不了了，铁青着脸一把拉起苏末儿进房间，并把门一下子关上了。

"你想干什么？"苏末儿从来没见过高黎鹏这么凶过，心里难免有点发毛。

"我问你，影子的光盘是不是你摔出去的？你凭什么这么做？你知不知道这张光盘是后天演出要用的？"

"是的！是我摔的！你准备怎么样？！"苏末儿压根儿就没把演出放在眼里，所以理直气壮地回答。

"啪！"一记响亮的耳光打在苏末儿的脸上，苏末儿一下子愣住了。半响，她才回过神来，杀猪一般哭叫起来：

"你这个死黎鹏！你敢打我！"

"我告诉你，你分明是在破坏！后天观看演出的不但有中小学生，还有勐巴拉各界人士、领导干部，这些节目都是预先从各省市的大学中挑选出来的，都是最出色的节目！"

高黎鹏说到这里，狠狠揪起苏末儿的衣领说："你这么胡闹，出了事你负得

起责任吗？！"

苏末儿压根就没想到这层，她做事从来不考虑后果的，现在被高黎鹏这么一说，觉得自己是有点过分了。

高黎鹏说完狠狠把她往床上一摔就朝外走去。

"高黎鹏，别走！"

只听门"砰"的一声关上了。高黎鹏走了，苏末儿哇哇大哭起来。

高黎鹏和竹影来到会议室，他已经很久没碰笛子了，这次重拾老本行，有种说不出的滋味。此刻，他正坐在会议室的一角，面前放着刚从网上传来的谱子。

这是一张地道的五线谱曲，看得出写谱的人相当专业，他记得小时候，他只管拿起笛子吹，从来不懂什么五线、六线的，进了中学后，他渐渐接近了音乐，也学了一些关于五线谱的常识。

此刻，他拿起笛子试了一下音调，然后看着谱子慢慢吹了起来。竹影坐在他的旁边，说老实话，她有点担心，对高黎鹏是否能吹得像薛亮一样专业，她心里一点儿底也没有。尽管小时候在她的眼里，阿黎郎的笛子吹得是最美的，但毕竟那么多年过去了，现在怎样？恐怕只有高黎鹏自己心里有数了。

前奏曲吹得有点沉闷，高黎鹏感到不那么顺利，但他还是那么专心致志地吹着，不一会儿脸上的汗出来了。竹影连忙拿出纸巾递了给他说："休息一会儿吧，别着急，慢慢来！"

在高黎鹏抬起头的一瞬间，蓦然撞上了竹影的眼神，一双似曾相识的眼，流转的眼波里，镶嵌了明亮的黑宝石，黑宝石上蒙了一层淡淡的灰，一抹深邃的忧郁，他的心莫名地一疼。他为一瞬间对她产生的美好感觉而脸红，他定了定神，笑了笑礼貌地接过纸巾擦了一下说："不好意思，很久没吹笛子了，有点生疏了。"

"人就是这样，经常碰的东西就不太容易忘记，一旦分开了就难免生疏，甚至忘记了。"竹影感慨万分。

"小时候常吹的那根笛子送人了，打这以后我一看见笛子就伤感，渐渐地就不太愿意碰这玩意了。"

"送人了？"竹影叹了口气说，看来小时候的事他还没全忘掉。

"送给一个小妹妹，她去了远方。"高黎鹏沉思在回忆中，"对了，她也是你们海滨市的。"

"海滨？这么多年，你去找过她吗？"

"去过，这还是我刚考上大学的时候，我一个人去过海滨。但人生地不熟，又没有地址，上哪里去找呀？"

"你还记得她叫什么名字吗？"

"她叫林竹影"，高黎鹏说到这里深情地朗诵了一句诗，"'樵雨夜话正浓情，竹影摇窗风已轻。'你听到过这句诗吗？"

竹影听到这里，再也忍不住了，只觉得一股冲动，她真想上前抱住高黎鹏说："我就是林竹影，我等了你这么多年，也找了你这么多年呀！"

可就在这时，雷洋跑了进来，大声对高黎鹏说："你快去看看吧，苏末儿这会儿正在房间里大哭大闹呢！"

"别理她，我们还是赶快练习！"高黎鹏自顾自地又吹了起来。

二十七、薛亮从海滨赶来

采风小组的活动终于到了最后一天。一大早，王老师就一一把大伙儿叫醒了，让大家做最后一次排练。

"今晚是我们最后一场活动，也是一场很重要的演出。今晚，当地的领导和群众，还有学校组织了中小学生都来观看，大家千万要排练好！"

竹影和高黎鹏很早就起来了，这会儿已在会议室里排练了好长一会儿。最无所事事的就数苏末儿了，见大伙儿忙得不可开交，她连发火的地方也没有。

苏末儿在宾馆上上下下找了一大圈，才找到会议室，没进门就听见里面有笛子声。她轻轻推门，只见高黎鹏正拿着笛子起劲地吹。她觉得很奇怪，她认

识高黎鹏这么长时间了,怎么就不知道他会吹笛子? 而这个影子,刚认识他不久,怎么就对他了解得那么透彻!

苏末儿百思不得其解,她很想进去问问,但想起高黎鹏昨天给了她一记耳光,所以不敢造次,只在外面看着。

"怎么不进去呀? "苏末儿只顾偷看了,没注意后面有个人也向会议室走来。她回头一看是张意然,她恨透了这个大嘴巴,没搭理他。

张意然看见她没发声音,故意又说了一句:"是不是怕再挨一记耳光呀! "

"滚! "苏末儿骂了他一句,甩手就走了。

雷洋正好也进来,摇了摇头说:"张意然,你怎么揭人伤疤呀! "

"没办法,她闲着,可我们没闲着。要是这会儿她进门去又没事找事,那今晚我们还想演出吗? "

雷洋笑了:"你这也算是个办法! "

"我这也是逼出来的办法! "张意然呵呵大笑起来。

屋内的林竹影和高黎鹏自然一点都不知道屋外热闹的一幕,他们实在不想浪费眼前这一分一秒了。竹影抬起手看了看手表,快中午了,她看得出高黎鹏很久没吹笛子了,有点手生了,尽管他尽心地吹,但跟薛亮是没法比的,可眼前只能这样了。

"哎⋯⋯"竹影叹了口气。

"是不是我吹得不好呀? "高黎鹏抱歉地问她。

"你已经很努力了,这么短的时间里要熟悉一首自己陌生的曲子,真的是难为你了! "竹影安慰他说。

快傍晚的时候,采访组的成员们都在室内试装,做演出前最后一次准备。高黎鹏担心地对竹影说:"我有点怕,怕吹不好,毕竟时间太短,而且我已经很长时间没吹笛子了。"

其实经过这一天的排练,她对高黎鹏的现状有了进一步的了解,他吹笛子的水平远不如薛亮,但他也确实尽心了。

竹影笑了笑安慰道:"没关系的,这个节目主要是舞蹈,笛子只是伴奏,观众不会很在意的。"

高黎鹏很感谢眼前这个女孩,不管遇到什么问题总是那么心平气和,他抱歉地说:"都是苏末儿闯的祸,我在这里给你道歉! "

一提到苏末儿,竹影的眼神黯了下来,这一天的排练,她几乎已经忘了这个人的存在,现在听高黎鹏又提起苏末儿,她才想起,苏末儿是他的女朋友!

"你都一天没见她了,去看看吧!"竹影勉强地笑了笑说。

高黎鹏注意到了竹影脸上表情,他知道竹影对苏末儿的无理取闹很生气,但还是尽量克制着,忍让着。

"哎……"人与人怎么就这么不一样呢!高黎鹏想说什么,但一句也说不出来。

"去吧,离晚上演出还有一些时间,去看看她吧!"竹影拿下了高黎鹏手中的笛子。

"好吧。我去去就回!"高黎鹏觉得如果再推辞就拂了这位女孩的好意了。

高黎鹏走了。竹影看着他的背影恍然若失。

就在这时,就听见有人在外面喊:"这里有叫林竹影的吗?外面有人找!"

竹影一听,是叫自己的名字,感到很奇怪,连忙朝外面走去。

"林竹影?她名字叫林竹影?"雷洋问张意然。

"我也搞不清楚,我一直听人叫她影子,作家影子!"张意然也是一头雾水。

竹影到了室外,一看来人。惊呆了,原来是薛亮!

"你怎么来了?"竹影问。

"我不是说了要来接你的吗?"薛亮笑嘻嘻地站在她面前。

"我还以为你是到机场接我呢!"

"那天我接了你的电话,我就很不放心,想来勐巴拉接你。前天你又从网上问我要了曲谱,我就知道你遇上麻烦了。"薛亮说着就从包里取出一根长长的笛子和葫芦丝说,"你看,我把乐器也带来了。"

"你,你把乐器也带来了?"竹影真是又惊又喜。

"我是早上乘班机离开海滨,中午才到达昆明的,本想转机勐巴拉,但飞往勐巴拉的航班刚飞走。我没法了,只能搭乘长途车,赶了几个小时才到勐巴拉的,差点没赶上你们的演出!"

"太谢谢你了!"

"我没猜错吧,你肯定遇上麻烦了,所以干脆把笛子也带来了。你看,我还带来什么?"

"什么?"竹影觉得平时书生气十足的薛亮此刻一点都不呆。

薛亮拿出一只大大的风筝说:"你看!"

一只粉色的风筝,一只写着大大"药"字的风筝,正展现在竹影的眼前。竹影顿时热泪盈眶。

"这可是你的道具呀!"薛亮把风筝塞进竹影的手里。

"谢谢!真的谢谢!"竹影激动地说不出话来。

"不用谢,我父母都是演员,我知道赶场子如同救火!"

这一幕正好被雷洋和张意然看到,他们万万没想到竟然有人会从千里之外的海滨赶来为竹影伴奏!

"这下可热闹了,这里一个还没解决,怎么又跑出来一个!"张意然的表情有点复杂。

雷洋指着张意然说:"你是不是也想插一脚呀?"

"你可别扯上我,与我不相干的!"张意然连忙回避。

"得了,别以为我看不出来,男人呀最了解男人了!"雷洋打了张意然一下,张意然嘻嘻地笑了。

二十八、两个男孩同时伴奏

晚会终于开始了。这是勐巴拉最热闹的一天,因为这天正好又是火把节,跟汉族过年差不多,所以采风组特意把演出放在这一天的晚上,四面八方的人群都朝会场涌来。

后台里,王老师紧张地指挥着即将演出的人们:"快,下一组是男女生合唱,准备出场……"

薛亮倒是很镇定的,因为他不止一次地在舞台上演出了。高黎鹏终于赶来了,他好不容易把苏末儿说服了,才急匆匆赶来。

"对不起!我来晚了。"高黎鹏一面擦着脸上的汗朝竹影说。

"演出前应该高度集中,怎么能出去打岔呢?"薛亮不满地批评道。

竹影连忙打圆场说:"我来介绍一下,他是我大学的同学薛亮,也是这支舞曲的创作者。"接着她又对薛亮说,"他就是高黎鹏!"

"什么?你就是高黎鹏?"薛亮朝高黎鹏上下打量着,高黎鹏被他看得浑身不自在。

高黎鹏想既然是影子的同学,于是伸出手去,友好地说:"你好!"薛亮有点勉强,但还是伸出手去握了一下,他只觉得对方的手很有力,像是在传递什么信息。于是他也用力握了握。

"谢谢你!既然我来了,今晚还是我为她伴奏吧!"薛亮已经听说了关于光盘的事。

"不,我能行!"高黎鹏不肯让步地说。

"薛亮,他已经练习了一天的笛子,马上就要演出了,你和他一起伴奏吧!"竹影看到两个男孩都不甘落后,只能作了这个决定。

薛亮和高黎鹏对望了一下,互相点了点头。

"这样吧,我吹高音部分,你吹低音部分。"薛亮当机立断,因为他知道高音部分很难掌握,他是这首曲子的创作者,知道怎样把握最好。

高黎鹏点点头。

"下面是笛子伴舞《飘扬在勐巴拉的风筝》,表演者林竹影,伴奏薛亮、高黎鹏!"报幕员的话音刚落,观众席里就响起了一阵掌声。

"林竹影!"这一声林竹影在高黎鹏的耳里像惊雷,他一下子愣在那儿了。

"快上场!"一边的薛亮看出了高黎鹏的惊讶,但还是冷冷地拉了他一下。

高黎鹏这才反应过来,现在是演出,最重要的时刻来到了,怎么允许自己有乱七八糟的想法。也许自己听错了吧,也许是报幕员讲错了吧。他自己安慰自己。

薛亮手拿一根长笛沉稳地走到台前,而高黎鹏拿着一根短笛跟在后面。薛亮朝高黎鹏稍稍示意了一下,然后轻轻低下头,嘴巴对着长笛,顿时一段优美抒情的引子立刻在会场里荡漾开了。高黎鹏也把短笛横在嘴边,一阵响亮而又悠

扬的笛声仿佛把人们带到风和日丽五彩缤纷的美丽海空。会场上所有的人都静下来了。

这时，竹影背对着观众脚步轻盈地从舞台边飘向台中央，她轻舞着双臂从下向上缓缓展开，然后一只手枕在耳边，另一只手提起裙摆哗啦一下来个一百八十度的旋转，淡蓝色的裙子一下被抖开了，只见裙摆上面无数个亮晶晶的片子随着那蓝色的裙摆上下起伏着，宛如诸多水珠般地滑落在地毯上。

当竹影转过身来的时候，台下的观众才看到演员的正面。竹影把一头卷发高高束起，左边发鬓上插着一朵蔚蓝色的花朵，点缀身上淡蓝色的衣裙，配合着整个舞姿就像一片蔚蓝色的海洋在舞台上满满地溢出。

台下响起了一片掌声，掌声还未落下，薛亮马上换上身边的葫芦丝，紧接着乐曲低沉婉转起来，空气中竟弥漫了一股悲伤，一股离别的忧愁，这是他这几天特意准备的，因为他知道勐巴拉的人们对葫芦丝情有独钟，竹影在去勐巴拉的日子里，他几乎天天都在练习葫芦丝，加上他对音乐本来有那么点天分，所以很快就掌握了。

高黎鹏紧跟着把短笛吹到温柔婉转的高音，像缥缈的云烟，慢慢飞入九天；又如江南的河水一样，慢慢地流着、流着，永不停息。整个舞蹈与笛声浑然一体，如阵阵清风、淡雾般从舞台向四周扩散开来。

两只笛子，一支在高音区里奏响，另一支又在低音区里徘徊，时而欢快悦耳，时而伤感无比，透人心肺，感人至深，给人一种心醉的感觉。台下的观众听得都入神了。

竹影不知不觉随着音乐换了一个舞姿，轻轻地朝后慢慢地弯下腰去，薛亮在舞台旁用眼神暗示她拿出藏在幕布下的风筝。

可此刻的竹影已经完全沉浸在自己的舞姿里了，好像完全忘了那只风筝。当她柔软的腰渐渐直起来的时候，她的两只手臂还是空空的！

薛亮不由得吃了一惊，他清楚记得上次在海滨演出的时候，竹影就是拿着风筝的，但他已经顾不得那么多了，仍旧不露声色地吹奏出《飘扬在勐巴拉的风筝》的主题曲，拿起了长笛在高音区奏出长长的音式，最后在结尾处来了一个五度下滑，伴之以长音使得乐曲进入一个高潮。

高黎鹏当然不知情，他不得不佩服薛亮的笛子吹得很专业，也很用情，这个薛亮到底是影子的什么人呢？他很想知道，但此时不允许他多想什么，他只知道应该尽快融入这个舞蹈中去。

竹影在舞台中央旋转着,蓝色的裙片把整个舞台荡漾得像片海洋,两只雪白的手臂在蓝色的衣裙上柔软地挥舞着,像要把这爱的痕迹与心语融入这蓝色中凝成一朵心花,为她所爱的人而开放。

高黎鹏看呆了,只觉得眼前的一切让他回到了过去,回到了儿时的勐巴拉……

而薛亮饱含着热泪,深情地吹出让人心醉也让人心痛的尾声,舞台四周的灯光渐渐暗了起来,都集中在中央,折射在那片蓝色海洋的中心——竹影的舞姿上。

观众席上一片寂静,好久才发出经久不息的掌声,久久回荡在会场的上空……

二十九、又一次擦肩而过

今天是采风组的成员回去的日子,大伙儿都起得很晚。因为昨晚的演出实在太精彩了,演出结束后,观众们还迟迟不肯离去,于是王老师干脆让大伙儿一起到场外的广场上,集体跳了当地的民族舞,中央放着一大堆火把,人群围着火堆跳呀跳呀。

好几次高黎鹏想上前问竹影,又好几次想问周围的人,刚才报幕员叫的是不是林竹影的名字?

是梦?还是清醒?他一次次被蜂拥而至的人们冲到远处,他找不到竹影,

也找不到薛亮。只有一个人始终在他的身边,那就是苏末儿!

大伙儿都是在半夜时分才躺下去的,这几天实在太累了,尤其是最后那场演出结束后,大家都不约而同地放心地休息了。

早上太阳升得很高很高,王老师才把采风组成员唤醒,大家这才意识到离开勐巴拉的时候到了,连忙收拾行李,乘上早已等候在宾馆外的大巴士。

大巴士朝小镇外驶去,短短几天,同学们对勐巴拉已有了深厚的情感,大家的眼光都齐齐朝窗外望去。高黎鹏也呆呆望着、想着……

突然,他的眼光停住了,转而大叫了一声:"司机,停一停!"

车子一下子刹住了,大家都朝着高黎鹏看着,司机开口问:"是不是忘了什么东西在宾馆?赶快去拿!"

司机把车门打开了,高黎鹏一个箭步跳出车子,朝宾馆相反方向飞快跑去。这下大家都惊呆了,他是怎么了?雷洋不放心地也跳下车跟在他后面,张意然也下了车。

高黎鹏一路飞跑着,只见他跑到一棵大树底下停住了,两眼直勾勾地望着树上……

树上一只粉色的风筝此刻正在迎风飘扬,树底下一群孩子在玩耍。

"原来是只风筝!"雷洋像一只泄了气的皮球。

"你跑这么快就是为了这只风筝?"张意然抱怨道。

高黎鹏一句都不说,只是呆呆地看着,雷洋和张意然跟着他的目光再仔细地看那只风筝,上面写着一个大大的"药"字!

"奇怪,怎么风筝上还有一个'药'字?"雷洋和张意然异口同声地问道。

"竹影,一定是竹影来过这里!"高黎鹏明白这个"药"字风筝只有他和竹影知道,这是属于他和竹影之间的秘密,也是他们之间的约定!

这个风筝是竹影挂上去的,确切地说是她和薛亮一起挂上去的。

昨天晚上演出一结束,薛亮就拉着她走到会场外,埋怨地问:"为什么没拿风筝出来,不是事先说好的吗?"

"我忘了。"竹影勉强地回答。

"不,不是忘了,而是怕他认出你来!因为他现在已经有了女朋友了,是吗?"薛亮气愤地说,"为什么不告诉他?这么好的机会,一旦错过将来后悔都没用!"

"我,我……"竹影痛苦万分,她不知该怎么办?

他们悄悄地溜出了欢乐的人群,薛亮再一次陪她走过勐巴拉的一条条小街。在这些小街上有过太多关于小时候的记忆,明天就要回海滨了,以后不知还能不能再回勐巴拉。想起第一次离开勐巴拉时的情景,竹影不觉潸然泪下。

清晨,他们俩再一次来到了镇西口纳西姥姥屋前的大树前。竹影望了这棵象征着她跟阿黎郎友谊的大树,她把风筝递给薛亮说:"过去的,就让它永远过去吧,这个风筝就留在勐巴拉,它属于这儿!"

薛亮默默无言地望着竹影,他知道她心里很难过,于是点点头,爬上树去,像当年的阿黎郎一样把风筝挂在了大树上。

"哗啦啦"一阵风吹过,风筝扬得很高很高,整个勐巴拉都看见了。古镇上的人们看见了昔日的"药"字风筝给他们带来的温暖和关怀,孩子们在大树底下跳呀、唱呀……

竹影给王老师发了个短信:"王老师,谢谢您这些天来的照顾!同学们,谢谢你们这些天带给我的友谊和欢乐!我和薛亮先走了。祝你们一路顺风!我会记住这里的一切,也会记住你们的!"

"原来影子叫林竹影!"雷洋惊讶地望着高黎鹏。

"我想起来了,那天她还向我打听一个叫阿黎郎的男孩呢!"张意然拍了一下脑袋说。

高黎鹏一句话都没回答,呆呆地爬上树去,取下了粉色的风筝,把它紧紧搂在怀里,他的脑海里顿时浮现出那天在希望小学竹影深情地朗诵:

"如今,我又一次来到你的面前,你是否看见那双眼睛,为了遗落的记忆苦苦追寻。此刻,我的心里渴望远方有个你,悠然地走来,那衣袂翩翩只是为了我。……这个夜晚,我独自走在勐巴拉的小路上,只奢望一个遥远的约定:一个刚毅的你与我携手走过人生灿烂或灰暗的日子,让我孤独的小船搁浅在你温暖宁静的港湾里。"

这时,高黎鹏才恍然大悟,原来竹影这次来勐巴拉就是为了找他!

他狠狠拍了拍脑袋说:"我真笨!我早该看出来了,什么影子,分明就是竹影嘛!什么笛子呀、风筝呀,还有那七色蔷薇花、粑粑,等等,不都是在告诉我她

就是林竹影吗！"

"竹影！"高黎鹏捧着竹影留下的风筝,朝着镇口拼命跑去……

三十、沉渣泛起

一年多过去了,已经是大四的竹影走在海滨大学的林荫路上,开学后不久,她就接受了学生会一个任务,就是组织同学们参加志愿者活动。

如今的竹影已经同以前大不一样了,瘦弱的身体里注入了不少坚定的步伐。现在她正朝研究生院走去,一年前他们从勐巴拉回来后,薛亮大学毕业被学校推荐直升本校研究生,现在是研究生院的学生会主席。竹影去年跨入大三后,原来担任副主席的同学毕业了,竹影就成了新一任的本科学生会副主席。

她不知道这一年多的日子是怎么过来的,只知道拼命地学习、拼命地工作,她要忘掉过去的一切,她要重新开始。

薛亮一直默默地关注她、帮助她,很多次他想跟竹影提出他们的关系能不能进一步,可是话到嘴边却又缩了回去。他知道,尽管竹影拼命想忘掉过去,但一时还不可能忘掉阿黎郎,再说他也不想乘人之危。

"再等一等吧！"薛亮叹了口气,原本是本科学生会主席的他,眼前最主要的任务就是要帮助竹影抓好学生会的工作,其他的事只能放一放了。

"竹影,等等我！"远处有人在喊,竹影不由地停住了脚步,回头一看是韩梦露。

韩梦露是竹影的同窗好友,也是竹影同寝室的。自从竹影担任了学生会副主席后,韩梦露就接替了她文艺部长的职位。

"你是不是去找薛亮? 我正好也要去找他! "梦露一路疾走,跑得气喘吁吁。

"你来得正好,这次志愿者活动有一场文艺表演要你们文艺部组织呢! "竹影微笑着拉起梦露的手说。

秋天的校园里人群熙熙攘攘,新增了不少陌生年轻的脸孔,不用问,一定是刚入学不久的新生了,就是这一张张生动的身影给校园增添了新的气息。

薛亮远远地就看见两个女生朝他走来,定睛一看是竹影和韩梦露。他正要去研究生院里布置工作,于是停住脚步,等她们上前后说:"这次学校组织的志愿者活动很重要,你们要分分工,一个着重组织工作,还有一个着重宣传工作。"

面对这个原来是本科生的学生会主席,韩梦露笑着回答:"我们找你就是为此事商量呢! "

"哦,你们是不是有了什么好的计划? "

"有了一点眉目,还不完善,谈不上什么好不好的。"竹影说话永远是保留余地。

"那好吧,我们进去聊聊。"薛亮把两个女生领进学生会总部的办公室。

他们刚进门,就听见一阵电话铃声,薛亮连忙上前,接完电话,薛亮朝她们笑着说:"你们看,市里志愿者工作领导小组也来电话询问我们学校的进度呢! "

"看来我们要抓紧组织呢。"竹影也感到事情的紧迫性。

"这样吧,我们来筹划一下……"薛亮打开桌上的一卷纸,边比画边说了起来。

不一会儿,江瑶瑶跨了进来,韩梦露指着她笑着对大伙儿说:"瞧,这儿又来了个急急风! "

薛亮看了看手表,站了起来说:"具体工作你们聊吧,我还有事要回研究生院去。"

"你不等竹影了? "韩梦露侧过头俏皮地问薛亮。

"你这丫头,不说话不会当你是哑巴! "竹影轻轻地打了一下韩梦露的肩膀。

薛亮被韩梦露一提醒,转过身望了望竹影,像是在征求她的意见。

竹影是个善解人意的女孩,她不想让薛亮尴尬,起身说道:"我正好也要回系里去,系主任丁教授还让我帮他做事呢,差点忘了。"

"那我们一起走吧。"于是薛亮和竹影并肩走出了团委办公室。

薛亮和竹影并肩走在校园里,他已好久没跟竹影这样单独在一起了。自打从勐巴拉回来后,竹影似乎总躲着他,确切地说是躲着所有熟悉的人,还是同宿舍的好友韩梦露硬生生地把她拖出来,投入学生会的工作,让她能尽快地从勐巴拉的阴影中解脱出来。

"你觉得志愿者活动中宣传方面还有什么需要完善吗?"薛亮想了半天,还是从工作这个话题开口比较好。

"有些地方还需要完善。"竹影仰起头,思索着。

"慢慢来,任何事都有不断完善的过程。"薛亮知道,竹影是个很认真的人,什么事一干起来就没个完,于是笑着劝她:"有什么困难说出来,大伙儿帮一下忙就过去了。"

"嗯。"竹影点点头,其实她心里挺感激薛亮的,以前她对学生会的工作不是很熟悉,薛亮给了她不少指点,加上她自身好强,海滨大学的学生会竟被他们搞得轰轰烈烈起来。同学们还送他们一个绰号"亮竹"搭档,一往无前!

"竹影,最近你还好吗?"薛亮憋了好久终于吐出这几个字。

竹影没有马上回答,她明白薛亮的"还好吗?"指的是什么。

去年阿黎郎从勐巴拉回来后,从采风小组王老师那儿弄来了竹影的手机号码,于是一直拼命打她的手机。

而竹影的手机始终是关机。整整一年了,她没再提"阿黎郎"这三个字,可是为什么眼前还会时不时浮起他的身影,是幻觉,还是这几年来的思念已成为习惯?

薛亮望着默默无语的竹影,轻轻拉起她的手说:"我知道你的心里很苦,但我会陪你,一直陪伴在你的身边等你走出来。"

竹影听着、听着,泪水不由自主地流了下来。

"别,别难过。是不是我说错了什么?"薛亮看见流泪的竹影,不由得慌了起来。

"不,不是。"竹影连忙摇手,薛亮在一边忙不迭地拿出一叠纸巾递给竹影。

"谢谢!"竹影觉得自己有点失态了,不好意思地说,"我们快走吧,还有许多事等着我们去做呢!"

正当他们俩快走到系里的时候,前面两个女同学快步朝他们走来。领头的那个女生看见薛亮开口笑着大叫：

"大主席,快去看呀！我们学校门口的街上新开了一家店,里面什么乱七八糟的小玩意儿都有！"

"什么？新开的店？"薛亮笑了起来,说:"这年头每天都有新鲜事,开家店又有什么了不起的！"

那女生不依不饶地说:"这你就不知道了,这家店的东西不仅新鲜少见,而且还有一个很古怪的店名！"

"店名？什么店名？"竹影也好奇起来。

"小主席,你也在呀？"那女生卖起关子来。

"瞧你这张嘴,什么大主席、小主席的！"竹影笑着上前就要撕她的嘴。

"哈哈哈,别别别……"那女生一边跑,一边大声说,"告诉你们吧,那家店的名字叫'我在勐巴拉等你'！"

"什么？你再说一遍！"竹影的眼睛都直了。

"我——在——勐——巴——拉——等——你！"那女生一溜烟地跑了,就剩这七个字在她身后飘荡……

竹影和薛亮对视了几秒钟,然后一起朝校门外飞快跑去。

三十一、大学城新开的小店

海滨大学原本是在市区的一隅,连年扩招,原来狭小的校宿早已容不下日益膨大的队伍,后来由市政府拨款在海滨市的母亲河琴江边造了一座大学城,

海滨大学跟其他几所大学一起搬进了大学城。周边的县、区政府围绕大学城开设了不少店铺，但一时还很难满足这几万人的需求，因此鼓励一些民营或民办的商家到这里来开店和经商。

真的应该佩服这些商家，有如此的经营头脑，大学城周围星罗棋布地开了不少小店，吃的有快餐，穿的有时装，玩的有游戏机房，还有什么咖啡吧、聚情吧……名字不但五花八门，而且还浪漫无比，吸引着这大学城里的万千学子。

不过这"我在勐巴拉等你"还是第一回听到，薛亮拉着竹影一路小跑，很远就看见一只大大的风筝高高飘扬在一家店门口，风筝上写着大大一个"药"字，店面的招牌上真真切切地写着"我在勐巴拉等你"七个彩色大字。

竹影的腿一下软了，怎么也抬不起来。薛亮也愣住了，像个木头人似的一动不动地站在门口。

很久，竹影才慢慢缓过来，对薛亮说："不看了，我们回去吧！"

"嗯，我们回去吧。"薛亮脑子也是一片混乱，他觉得此刻只有回去，把思绪好好理一理。

"为什么不进去看看？"身后传来一个深沉的男低音。

竹影回头一看，夕阳下，一道深邃的目光正朝她射来，她想躲都来不及了。

这人就是阿黎郎！

去年勐巴拉回来，阿黎郎曾经来过海滨大学找过竹影，但由于不知道竹影是什么系的，再说海滨大学的学生少说也有几万人，光是同名同姓的也有好几个，为了不耽误学业，暑假过后，阿黎郎只能回鲁南大学继续他大四这最后一年的学业。

今年大学一毕业，阿黎郎打起背包就直奔海滨市来，他不相信竹影会从此消失了。他围着这大学城绕了好几圈，本来就有经营头脑的他，忽然一个念头涌上心来，在此开一家店，再慢慢打听，工夫不负有心人，总有一天会打听到竹影的下落。

在起这家店的店名时，阿黎郎费了一番周折，他想了一大堆名字都被他否定了，最后锁定了"我在勐巴拉等你"，在去工商管理所申请开业时却碰到了难题。

"没见过这个名字的，重新起一个吧！"工商管理所的同志一句话就把他挡了回去。

"同志，这个名字符合我的心情呀！"阿黎郎非常诚恳地说。

"心情？没见过开店要看心情的！"那位同志朝他翻了一下眼，不解地说。

"这里以海滨命名的店实在太多了，不能雷同呀！"阿黎郎尽力狡辩着。

"这……"这下工商局的同志被噎着了。

"同志，帮帮忙吧！"

就这样，工商局的同志经不起阿黎郎的软磨硬泡，终于同意了。

阿黎郎高兴地跳了起来，头炮就打响了！

整个夏天，阿黎郎待在小店里，又是当木工，又是当水泥工，在开学的前几天，硬是把小店开了起来。让阿黎郎想不到的是，开业没几天，他想找的人会主动上门来。

"既然来了，就进去看看吧！"阿黎郎看见竹影想走，连忙用手轻轻一拦，他再也不想放弃这个难得的机会了。

竹影的脑子乱了，还是一旁的薛亮清醒一点，他看了看四周朝他们射来诧异的目光，于是拉着竹影的手说："我们进去看看吧！"

这个动作虽然很轻、很小，但被阿黎郎看见了，他的目光复杂地看了看薛亮，然后在前面带路。

店铺很小，只有一间沿街的门面，有点像人们常说的烟杂店大小。但布置得简单、整洁，左右两排的架子上放满了各种手工做的工艺品，有雕刻画，也有泥制品，还有不少土布织的花样围巾，吸引了不少前来观看的女学生。

小时候阿黎郎家店铺里有造型各异的木雕，凶猛的老虎、敦厚的大象、机敏的猴子、顽皮的小狗……而眼前的店铺让竹影感到既熟悉又陌生。

她想问，但又不知从何说起，犹豫中，阿黎郎却开口说道：

"其实我从小最熟悉雕刻制品了，但仅仅放这一类商品显得有些单调，这些泥制品是我的一位无锡同学提供的，这些土布织的围巾是我从鲁南带来的，过一段时候，我还想从那里批发一些土布服装来。"

阿黎郎浑厚的声音从低到高，侃侃而谈，全然没了一年前在勐巴拉时那忧郁的神态，好像又回到了小时候，那么自信，那么镇定。

薛亮嘴里虽然没说什么，但心里却一直咕哝着，他不得不佩服阿黎郎的能干，脱口而出说了句："真看不出，一个工科大学生谈起生意经来一套一套的，这大概也是遗传的吧！"

"这……"阿黎郎这才品出薛亮的话里有话，只觉一股热血涌上头部，霎时

满脸通红。

竹影狠狠地瞪了薛亮一眼，然后一甩手走出小店。

"竹影，别走！"薛亮发现自己说漏嘴了，连忙打住。

阿黎郎伸手拦住了竹影，硬是把她拉到小店靠里的一堵墙前面，指着墙面对竹影说："你看完了这幅雕刻再走！"

"雕刻？"薛亮分明看见墙上挂着长长宽宽的布帘，把这堵墙遮得严严实实，并没有什么画呀？

阿黎郎好像看出了他们俩眼里的疑问，于是上前，掀起布帘中间的两只角往两边用力拉起，只听"哗啦"一声，布帘被打开了。

这时，一幅雕刻画呈现在他们眼前。整幅雕刻占去了三分之二的墙面，画上一匹高大的骏马正昂首挺胸望着远方。马匹上坐着两个孩子，女孩在前，胸前抱着一只大大的粉色的风筝，风筝的中间写着一个"药"字；男孩在后，一手紧紧搂着女孩，另一只手高高地牵着缰绳。骏马的两只前蹄离开地面高曲着，两只后蹄伸直，一团团白云在骏马的后面急速地翻滚着……

所有在场的人们都被这幅激动人心的雕刻所折服，赞赏的、感慨的，一时间议论纷纷。不用说，这已不是竹影小时候看到的那幅骏马雕刻了，而是一幅独具匠心、富有深刻寓意的雕刻画了。

"这幅雕刻，我刻了好几年才完成的，有很多顾客想买，我都不让卖。到现在还没给这幅雕刻正式起名，我一直想等这幅雕刻的主人给它起个名字，今天雕刻的主人来了，可以给它正名了！"

阿黎郎说完，深情地望着竹影说："竹影，给它起个名吧，不要让它等得太久！"

她盼了这么多年，她一直盼望有这么一天，能亲眼看到由阿黎郎亲自雕刻成的风筝骏马画，而如今，这一切就在眼前，竹影眩晕了，怀疑这一切是否真实？她上前轻轻抚摸着，一句话也说不出。

许久，竹影说："就给它起名叫'我——在——勐——巴——拉——等——你'吧！"

薛亮听了一愣。

阿黎郎激动地走到雕刻画前高声地说："明天我就把这几个字刻上去！"

这时，竹影慢慢地转过身，朝薛亮说了声："我们回去吧！"说完，竹影疾步跨出店门。

薛亮不知是拉她，还是跟着她，迟疑了一下，连忙追了出去。

阿黎郎在后面大叫："竹影！"

可竹影连头也不回，一路朝学校方向奔去。

三十二、敬老院里相遇

一路上，竹影头也不回地一个劲地朝前走去，薛亮紧绷着脸跟在后面。在学校门口，就遇到了韩梦露。

韩梦露刚才听说学校附近新开了一家小店，周围好多同学，尤其是女生都忍不住结伴而行去逛逛，她心里有一种不好的预感，急忙沿街找去，想不到在校门口遇上了竹影和薛亮。

"竹影，你们回来了？"韩梦露很婉转地问竹影，特意没提那家店。

薛亮在后面连忙朝韩梦露摇手，让她别再问下去。

韩梦露是个聪明的女孩，其实她老远就看到竹影的脸色不对头，莫非阿黎郎找到海滨市来了？

这会儿，她上前拉起竹影的手微笑地说："我找了你好半天呢，宣传方面的事我想了几条计划，你帮我把把关吧！"

"这么快，你就想到点子了？"薛亮惊奇地问韩梦露。

韩梦露转过头狠狠地朝他翻了一下白眼，薛亮顿时明白了韩梦露的用意，马上说："这样吧，你们俩商量一下，我还有事先走了。"

韩梦露这才松了口气，心里咕噜了一句：他还算聪明！见薛亮走了，韩梦露

问道:"听同学说,大学城里开了一家小店,是……"

"阿黎郎来海滨了!"竹影终于说出阿黎郎的名字。

"哎,这个阿黎郎!"韩梦露叹了口气,"好好待在鲁南不是很好吗,干吗来海滨,扰乱这里平静的生活!"

夜幕悄悄地落下了,月亮不知何时已经挂在远远的天际上。窗外的路灯周围包着一层淡淡的薄雾,教学楼和宿舍楼就好像披着缥缈的细纱悄无声息地矗立在校园。

韩梦露吃罢晚饭,看到竹影还在发呆,她觉得应该转换一个话题了。

"竹影,明天星期六是志愿者第一天活动,你准备去哪儿?"

按照学生会的计划,志愿者分成两队,一队人员去社区站点服务,站点设立在学校周围主要街道,为来往询问的路人指点路线,帮助行走困难的老人和盲人。另一队人员去海滨大学敬老院,这是海滨大学好几年流传下来的服务了。

竹影被韩梦露一提醒,不好意思地拍了一下脑袋说:"看我这记性!"

"你呀!"韩梦露笑了笑,刚想说"都是那个阿黎郎害的!"但话到嘴边又咽了下去,好不容易把话题转移,不能再提"阿黎郎"了。

韩梦露思考了一下说:"这样吧,你对敬老院比较熟,还是你带队去敬老院。我去社区吧。"

"可是社区明天是第一天活动,可能比较忙,还是我去吧。"竹影想不能再为自己的那些事干扰学生会的工作了。

"没关系的,有子骞在,他会帮我。"

这下轮到竹影笑了。原来何子骞是韩梦露的男朋友,还是学生会的组织部长,跟她和韩梦露是一个系的,每次考试总是林竹影第一名,何子骞第二名,为此何子骞一直耿耿于怀,发誓要把林竹影比下去,但每次都被韩梦露瞪着眼斥道:"你敢!"

"好吧,我就知道你们俩分不开!"竹影咯咯笑了起来。

第二天一大早,敬老院的老人们刚吃完早饭在院里散步,就看见竹影带了大学生们进来,都亲热地围过来。

"竹影,你们来了!"

"老师们好!"竹影连忙跟老人们打招呼。

"哎,好好!"

"孩子们,快进屋!"

"竹影,你快来看看,这几天我们画的画!"

"还是先看看我绣得十字绣。"

"还是先表演吧,我已经好久没看竹影跳舞了。"

"谁说好久了?才过了一个月而已,还是先看画吧。"

…………

老人们你一句我一句把竹影拉过来拉过去的,把竹影和一帮学生们乐得笑不拢嘴。

竹影走到一位白发苍苍的女教师身边,亲热地叫了一声:"李老师,你好!"

李老师一把拉过竹影的手说:"还是让我先看看你吧!这段时间你都忙什么呢?人都瘦了一圈了。"

"没什么,就是刚开学,加上学生会工作,所以有点忙。"

"你的身子骨本来就不壮实,要注意呀!"李老师心疼极了,紧紧拉着竹影的手不肯放。

这位李老师是海滨大学医学院的心理学教授,曾经还是叶蕴涵的老师,每次竹影来敬老院都要来看望她。

李老师笑着对竹影说:"今天你们带什么节目。"

"还是跳舞吧,可惜没伴奏。"竹影有点抱歉。

"没关系,就跳一小段吧!"周围的老人们都央求道。

竹影把外衣脱了,露出红色的衬衣,站到中央摆好了姿势,就在这时,身后传来一阵乐曲声,是长笛曲《飘扬在勐巴拉的风筝》!

竹影猛地转身,只见阿黎郎正拿着一根长笛在为她伴奏。她刚想说什么,可阿黎郎并不理会她,继续吹着长笛,周围都静下来了,只有悠扬的长笛声在敬老院慢慢荡开,想不到已经过去一年了,阿黎郎还记得去年她在勐巴拉演出的那首曲子。这时周围老人都射来鼓励的目光。竹影没辙了,只能硬着头皮跳下去……

竹影的舞蹈结束了,但大家都沉浸在这如泣如诉的笛声和优美的舞姿里,很久没声音,还是李老师第一个打破沉静:"好孩子,跳得真好!"李老师用手擦了擦眼角的老泪说,当年她的学生叶蕴涵是那么的严谨,想不到她的女儿却如此能歌善舞。

李老师拉过竹影说:"来,我给你介绍一下,这是我家乡的高黎鹏,刚从鲁南

大学毕业！"

原来李老师认识阿黎郎！李老师看出竹影的疑惑，连忙解释道："高黎鹏跟我是远亲，他还要叫我表姑奶奶呢！他来海滨有一段时间了，常常来看望我。"

原来如此！竹影这才恍然大悟。

"表姑奶奶，你还记得我一直跟你提起勐巴拉遇到的那个小女孩？她就是竹影呀！"

"是吗？真没想到！"李老师笑着望着竹影。

阿黎郎轻声地对竹影说："我们出去走走好吗？"

还没等竹影反应过来，李老师连忙替竹影答应："去吧，去吧，你们难得一见，出去聊聊吧。"

秋天的海滨公园里游人如织，阿黎郎朝江边走去，竹影机械地跟在后面。小时候也是这样，阿黎郎走在前，她跟在后。而如今在海滨，人生地不熟的应该是阿黎郎，可是他还是在前，竹影还是在后，这是怎么了？是陌生，还是习惯？

走到江边，阿黎郎见游人少些了，他不想再错过这个难得的机会，连忙指着江边一张椅子说："走累了，坐一会儿吧。"

阿黎郎望着竹影缓缓地说道："你知道吗？当年我找你找得多苦，我一个人偷偷来海滨好几次了，但你们搬了好几次家，怎么也找不到你家。也托过表姑奶奶，可她身体一直不好，后来她住进敬老院了，这事就一直耽搁了，想不到她是你母亲的老师！"

竹影一言不发，阿黎郎一个劲儿地往下说："后来，我们全家去了鲁南市，再后来，我考上了鲁南大学，再后来……"

"再后来，你遇上了苏末儿，再后来，你们成了朋友……"竹影终于忍不住打断了他的话。

"你听我解释！"阿黎郎急得直跺双脚。

"不用了，苏末儿已经都告诉我了。"竹影冷冷地说。

啊，原来如此！

"苏末儿，这张乌鸦嘴！"阿黎郎狠狠地在心里骂道。

"那年我们全家迁往鲁南后，我一直帮爸爸打工赚钱养家糊口，后来家里开了公司，当我知道苏末儿家投了一大笔资金，我就勤工俭学，用打工来的钱付学费，坚持不用家里一分钱！"阿黎郎缓缓地叙说着，"大学毕业后，我没回鲁南的家,而是直奔海滨来了,为了找到你,就在你大学附近开了一家小店,这开店的资金一部分是自己以前积蓄的,还有一部分是向同学借的。"

竹影的心微微地颤抖了一下。

"原来我在你眼里只是个势利眼,是个攀权附贵的小人!"此刻阿黎郎觉得浑身就是长满了嘴都说不清了,不由得潸然泪下。

望着阿黎郎抽搐的双肩,竹影一句话也说不出来。

三十三、江边的纷争

韩梦露和何子骞一早就来到社区志愿者站报到,今天他们的任务是在社区的各站点执勤,为过往的行人指路,帮助行动不便的老人和小孩过马路。阳光下,绿色的志愿者服显得格外的鲜亮和醒目。

何子骞对韩梦露说:"各站点需要分路巡视,这样吧,我们分兵两路,你跟江瑶瑶由南朝北,我和另一个同学由北朝南,最后在社区中心会合,如需要增援,就打我手机!"

"知道了!"韩梦露点头答应道,转身叫上江瑶瑶就走了。

韩梦露带着一位女生朝南面的几个站点走去。南面的站点比北面少两个,但是分得比较散,每个站点间隔距离也比较远,这对微胖个子的韩梦露是个考验,在几个站点巡视,她可得走很长的一段路。

快到中午了,五个站点已经走了四个,把韩梦露累得气喘吁吁,肚子也开始饿得咕咕叫了,她跟江瑶瑶说:"你先去吃午饭,下一个站点我一个人去吧。"

"那怎么行？还是我们一起去吧，然后再去吃饭！"江瑶瑶摇摇头说。

"快去吧，快去快回，然后来替换我！"韩梦露摇了摇手中还剩的半瓶矿泉水说，"我这里还有半瓶水呢！"

江瑶瑶知道韩梦露的脾气，于是转身走了。

韩梦露见江瑶瑶走了，这才转身朝最后一个站点走去，站点里的同学们看见她来了，笑着说："呵呵，梦露呀，饿着肚子来巡视……"

"你们都吃过了吗？"韩梦露连忙问。

"吃过啦！"同学们齐声回答。

韩梦露这才松了口气，坐了下来。这时一位同学拿了一盒快餐递了上来说："你快吃吧，你的那位早就算到你这时会走到我们这儿，所以让我们多准备一盒饭！"

周围的同学都呵呵笑了起来，韩梦露有点脸红了。她接过饭盒，不好意思地说："我到站点后边去吃吧！"

这个站点在社区的最南面，后边的大门对着琴江的江边，远远看去，江边三三两两的游人在江边挪动着。秋日的午后，阳光显得有点懒，洋洋洒洒照在树叶上，泛着白光一片。韩梦露坐在大门边的小凳子上边吃盒饭边欣赏着江岸景色。

忽然，江边出现了两个熟悉的人影，韩梦露拿着筷子的手停下了。

"你帮我拿着。"韩梦露把手中的饭盒往同学手里一塞，起身就朝江边走去。

"哎哎哎，你的饭还没吃完呢！"那位同学急得乱叫。

江边的人影不是别人，正是竹影和阿黎郎。

竹影听完了阿黎郎的诉说后，低声说了句："想不到这些年你过得那么不容易！"她拿出纸巾递给阿黎郎。

阿黎郎乘机一把拉着竹影的手说："小时候的诺言，我一直没忘，而且我一直为此努力着，你要相信我！"说完，眼泪又止不住地流了出来。

"竹影，我这段时间一直在筹划着一个计划，如果这个计划可行，我打算分几年还请苏家的债务！实在不行，就拍卖了鲁南的企业还苏家的钱！无论如何，我都不能用爱情来交换金钱！"

竹影呆呆地望着信誓旦旦的阿黎郎，此刻的她还能说什么呢？

"好大的决心呀！"他们背后忽然冒出一个响亮的声音，竹影连忙回头一看，原来是韩梦露，阿黎郎并不认识韩梦露，不知该什么称呼她，惊讶地问："这位是？"

韩梦露并不理会阿黎郎，只是上前拉着竹影的手说："我找了好半天，原来你在这里！"

竹影不好意思地对阿黎郎说："这是我的同学韩梦露！"

"你好！"阿黎郎礼貌地对韩梦露点点头。

"我不好，我不光是竹影的同学，还是她的知心朋友！竹影的善良是人人皆知的，我可没她好骗！我问你，光有决心有什么用？你的计划是否可操作？拍卖鲁南企业这么大的事你父母会同意吗？"韩梦露一开口就像连珠炮似的，打的阿黎郎连招架的功夫都没有，"还有，你那个苏大小姐，会那么便宜地放过你吗？上次在勐巴拉演出，她就差没砸场子了！"

提起苏末儿，阿黎郎就像泄了气的皮球，一下子坐在椅子上。

"竹影，你看看，刚才还像个英雄在这儿演说，一会儿工夫就瘪下去了。"韩梦露拉起竹影的手就走，"我们回去，别听他瞎扯！"

"竹影别走，你听我说"，阿黎郎拉着竹影的另一只手苦苦劝说道，"竹影，你从小也在勐巴拉待过，你知道那里的旅游业有很大的发展空间，如果你能跟我一起去勐巴拉发展，我相信凭我们的双手一定会打出一片属于我们的天空！"

"什么？去勐巴拉？你莫不是想拐骗人口？"韩梦露一听阿黎郎要动员竹影一起去勐巴拉实施他那个虚无缥缈的计划时，顿时急了，上前一把夺过拉在阿黎郎手中竹影的手说，"你别痴心妄想了！我告诉你，竹影可是要出国留学深造的，不会把时间浪费在你这个不知驴年马月才能实现的计划里！"

"什么？你要出国留学？"阿黎郎急得满头大汗。

"不是，你别急！"竹影刚想说这是韩梦露编出来拒绝他的，但被韩梦露打断了："对，她和我一起出国，这下你可以死心了，你也可以回鲁南跟你那个苏家大小姐去过'富二代'舒适的生活了！"

"我说韩同学，你干吗老是想拆散我们？"阿黎郎忍无可忍，终于发飙了，"难道你没谈过恋爱？既然你是竹影的知心朋友，就应该知道我和她从小青梅竹马，我为了等她、找她，吃了多少苦！"

"哎，你这个人说话别这么难听，拆散你们的人不是我，而是你的父母！确切地说，是你和苏末儿的母亲！"韩梦露的话一针见血！阿黎郎顿时语塞。

就在他们纷争不休的时候，前面飞驰而来了两辆自行车，大老远地就高喊

道："梦露，你们在哪里？"

"子骞、薛亮，我们在这儿呢！"梦露见状高兴了，心里想，来援兵了！

原来何子骞见晌午已过，还没见韩梦露的人影，就知道不妙，连忙打手机问同学，一个个站点问过去，一直打到最后一个站点，才知道韩梦露朝江边走去了，正好这时薛亮来找他，告诉他，自己也没找到竹影，于是两人轮番打两个女孩的手机，就是没人接，其实她们都把手机调在震动挡，只顾说话了，根本就没听见手机铃声。两个大男孩急了，连忙飞身上车，骑着自行车就朝江边驰来。

何子骞和薛亮在江边放下自行车就朝韩梦露她们走来，等到他们走进一看，薛亮的脸色顿时暗了下来，因为站在眼前的分明是阿黎郎和竹影！

何子骞一看薛亮的脸色，就知道面前这个陌生的男生就是传说中的阿黎郎，于是上前问了一声："你大概就是高黎鹏同学吧？"他还是不习惯叫他阿黎郎，没等阿黎郎反应过来，接着自我介绍道，"我叫何子骞，是韩梦露的男朋友，也是林竹影、薛亮一个大学的同学！"

阿黎郎方才明白过来，礼貌地朝他们点点头，算是招呼过了。

何子骞还是第一次见到阿黎郎，古铜色的肤色在阳光下显得特别健壮显眼，一双深邃的目光流露出一丝忧郁，那身影、那眼神又有多少女孩能抵挡得住？难怪林竹影被他迷住了，此刻他高大魁梧的身影挡住竹影，竹影显得那么娇小和无奈。

何子骞微笑地上前对阿黎郎说："对不起，今天正好是我们大学志愿者活动日，现在活动还没结束，所以我们必须回去继续完成我们的任务！"说完，他朝韩梦露使了一个眼色，韩梦露会意地拉起竹影的手说："我们回去吧！"

韩梦露第一个跳上何子骞的自行车后座，见竹影呆呆地望着阿黎郎，于是一个劲地催着："竹影快上车吧！"回头又朝薛亮大呼道："还愣着干吗？还不赶快带竹影走！"

薛亮自从看见阿黎郎和竹影在江边后，一言不发地站着，脑子里乱得很，不知在想什么？这会儿见韩梦露在催自己，方才缓过来，连忙跨上自行车，两脚撑地，等着竹影坐上后背。

"走啰！"韩梦露一挥手，何子骞和薛亮使劲踩着两辆自行车驮着两位女孩飞快地朝学校方向驶去。

"哎哎哎……"阿黎郎还想说什么，可两辆自行车早已驰远了。

三十四、妈妈的谈话

一路上，韩梦露高兴得用拳头乱捣何子骞的后背："子骞，我刚刚发现你口才真好呀！之前我还担心怎么脱身呢，想不到你一句话就把那个阿黎郎打发了！哈哈……"

"别别别，别动，你坐稳了。"自行车开始抖动起来，慌得何子骞乱叫。

与这对热热闹闹的人儿相反的是薛亮和竹影此时显得格外冷静，竹影坐在自行车后背上一言不发，薛亮则闷头踩着车轮。

快到学校大门了，薛亮停下自行车对竹影说："最近学校与国外几个大学互派交流生，我报名了。"

"这是什么时候的事？"竹影一头雾水。

"报名的事，学校已经张贴了好多天了。大四的学生也可以报名。"

韩梦露从自行车跳下来接上薛亮的话头对竹影说："这段时间你哪顾得上看学校的通知呀，都是被那个阿黎郎弄得迷失了方向！"

何子骞连忙把韩梦露拉到一边，笑了笑对竹影说："是这样的，我和梦露都报了名。还有薛亮虽然是研一了，也可以报名。"

"薛亮，你真的要走？"竹影望着薛亮问道。

"是的，如果在国外顺利的话，我准备再在那里读博士。"薛亮淡淡地回答。

"竹影，你也一起去吧！"韩梦露挽着竹影的手臂说，"我们都走了，我可舍不得把你一个人留下！"

原来刚才在江边韩梦露对阿黎郎说的都是真的,并不是胡编滥造。

薛亮在学校大门口对竹影他们打了招呼说:"我还有事,先走了!"说完,骑上自行车就朝研究生院驰去。

留下竹影在那里发呆,只有韩梦露看似不经意地轻轻说了一句:"对于已经过去了的,不要再费心地去寻找;而对于现在手中把握的,不要等到失去了才知道珍惜!"

竹影的家离大学城不远,这是她父亲林致远刚来海滨大学做教授时学校分配的住房,后来虽然又建了新的教师公寓,但是林致远嫌离学校路远没有搬去。竹影考入海滨大学后,尽管离学校很近,但还是住进学校的宿舍,至少一日三餐可以在学校食堂吃了,这样忙于工作的父母也就放心了。

今天是星期六,本来昨晚她就回家了,因为今天有志愿者活动,所以昨晚还住在学校的宿舍里。当夜色降临,竹影拖着疲惫的双腿朝家里走去。

当她打开家门时,竟发现妈妈在炒菜,这真是很意外。在她的心目中,妈妈一直是以工作为重心的,只要病人需要,她可以连续几天不回家,至于晚饭,一个面包或一个盒饭随便打发自己,对于竹影这个独生女,她总是抱歉地说:"好孩子,今晚就马马虎虎吃一点,以后妈妈一定给你烧好吃的菜!"

这样的抱歉多了,竹影也就习以为常了。今天怎么了?妈妈竟然下厨?

"妈妈,是不是爸爸也回来吃饭?"竹影惊奇地问。

"什么叫着'也回来吃饭'?"房间里传来爸爸的声音。

"今天你们都在呀!"竹影高兴地叫了起来,"真是难得呀!"

"孩子,来,快坐下,你看看妈妈今天烧了好多菜!"叶蕴涵从厨房端了一盆香喷喷的栗子炒鸡。

"哇,真香!"饥肠辘辘的竹影来不及拿筷子,伸出手就去抓鸡。

"哎哎哎,快去洗手!"身为医生的叶蕴涵急忙叫道。

林致远打开了餐厅的灯光,亮亮的灯光照在餐桌上,一家子很久没有这样坐在一起像模像样地吃顿饭了。

"看这孩子饿得,你这个妈是怎么当的!"林致远心疼地看着竹影。

"你不要光说我了,你自己呢?你跟她是一个学校的,你这个当教授的爸爸有没有关心过自己的女儿呀?"

林致远被叶蕴涵一提醒,想起一件事来,问竹影:"最近学校要和国外几个大学互换交流生,你考虑过吗?"

"交流生? 哪几个国家?"叶蕴涵停下筷子问道。

"美国、爱尔兰、英国和澳大利亚等几个国家,你们管理系也有呀,你考虑一下吧!"林致远说话从来就这样以征求的口气,不会勉强竹影。

"刚才听同学讲了,我要好好考虑一下!"

晚饭一结束,林致远拿起一份报纸坐在沙发上,客厅里的电视发出播音员响亮的声音,叶蕴涵走过去,把音量调小了,然后对竹影说:"坐下吧,我们好久没聊聊了。"

竹影是个敏感的女孩,她从母亲的眼神里看出不同寻常的目光。

其实,从勐巴拉回来,叶蕴涵就想好好找竹影谈谈,但一直忙于工作,把这事拖了下来。现在发生了这么多事,叶蕴涵觉得不能再拖下去了。

"今天中午李老师给我打了个电话,说阿黎郎来海滨了。"叶蕴涵轻轻说出这句话,把竹影惊得张大嘴巴。

看来瞒不住母亲了,竹影硬着头皮说:"阿黎郎来海滨有一段时间了,还在我们大学不远的地方开了一家小店。"

"是不是家雕刻店?"叶蕴涵问道。

看来母亲什么都知道。林致远闻声惊奇地放下报纸问道:"什么? 在学校附近开了一家店? 我怎么没看见?"

"你呀,就是开在学校里你也看不见!"叶蕴涵责怪地说。

"这是什么话,明天我就去看看!"林致远笑着说,"看不出,小时候那个小不点儿的阿黎郎竟会当起小老板了,在我的印象里,他还是当年骑在马背上的那个小毛孩!"

"好了,你就别提那个马背了,人家都已经把它刻成一幅雕刻画挂在店里了!"叶蕴涵生气地说,"搞得满城风雨,只有你这个傻瓜什么都不知道!"

"什么雕刻画?"林致远连声问道,他更觉得抽空一定去看看。

"竹影,你对这事看法如何?"叶蕴涵示意竹影坐下。

竹影想了想才慢慢地说了起来:"他想回勐巴拉创业。"

"为什么不回鲁南? 他的家现在在鲁南呀。"在看报纸的林致远拿下老花镜问。

"他不想回鲁南,因为他不想用父母的钱去创业,更不想用苏家的钱!"竹

影把阿黎郎的想法说了一遍。

"那你呢？是不是想和他一起去勐巴拉发展？"叶蕴涵单刀直入主题。

"我……"竹影不知回答好，吞吞吐吐地回答，"我还没想好，一切都来得太突然了。"

"怎么，你想跟阿黎郎一起回勐巴拉创业？"直到这个时候，林致远这才听明白母女俩的对话。他放下报纸沉思着，半晌才说："这是件大事，你可要想清楚了。"

学校的交流生、勐巴拉创业，阿黎郎、还有薛亮，这一切显得有点乱，竹影现在一点头绪都没有。

突然手机里闪过一条信息："你睡了吗？"信息是韩梦露发来的，"我已经把交流生的报名表从网上下载下来了发给你了，听说这次报名的人较多，千万不要错过！"

夜深了，在这静谧的夜幕里，竹影躺在床上一点睡意都没有。

三十五、苏末儿砸了风筝店

深秋的海滨，各幢建筑物都沐浴在晨雾里，朦朦胧胧、若隐若现。阿黎郎一连几天都没睡好，早晨起来不觉得头有点胀。那天跟竹影的一番谈话虽然没有什么结果，但毕竟有了一个好的开头，还是让他感到一丝欣慰。

"哎，要不是竹影的同学搅局，应该还可以好好谈下去的！"阿黎郎想到这里有点愤愤不平，尤其想到那个叫薛亮的男生，上次在勐巴拉演出时就看见他不离竹影左右,他总觉得他与竹影有某种联系。

夜长梦多呀!阿黎郎觉得不能再拖下去了,他想起那天在敬老院的一幕,眼前不觉一亮,去找表姑奶奶李老师商量!

阿黎郎到达敬老院的时候,李老师刚吃完早饭在院子里散步。阿黎郎一步上前微笑地扶着李老师。

"是阿黎郎呀!"李老师笑眯眯地看着眼前这个又高又帅的小伙子说,"你怎么来了?"

"我是来看你的呀!"

"呵呵,是吗?真的只是为了看我?"在秋日的阳光下,李老师的笑声格外的响。

"呵呵……"阿黎郎不好意思跟着笑了起来。

李老师指了指旁边的椅子说:"坐吧,是不是为了竹影的事?"

阿黎郎点点头说:"是的。"

"阿黎郎,你是基诺族人,虽然离开勐巴拉很多年了,但是家乡的有些传统观念还是很深地留在你的父母或亲戚身上,这一点你千万要注意!"

"嗯。"阿黎郎非常感激地回答。

正在这时门外传来一声喊声,而且一声比一声紧。急匆匆走来的是海滨小店的伙计,看到阿黎郎马上把他拉到一边低声说了句:"你的那个苏大小姐从鲁南赶来,一进店铺见东西就砸,你快去看看!"

阿黎郎闻声脸色顿时变了,回头只对李老师说了声:"表姑奶奶,我有事先走了,过几天再来看你!"于是急匆匆地就走了。

阿黎郎一进小店,就看见满地的碎片,他来不及说一句话,急忙冲到墙壁前,轻轻拉起布帘的一角,顿时松了一口气,还好那幅"我在勐巴拉等你"的雕刻没被砸掉,大概是藏在布帘后面,没被苏末儿发现。

苏末儿是昨晚半夜的飞机到海滨的,到达海滨时实在太晚了,也太累了,否则她半夜三更就会到阿黎郎的店来找他。

这时,苏末儿的两袖卷得高高的,正站在店中央发飙呢,一看见阿黎郎走进来,就破口大骂:"这就是你的实习,什么地方不能去,偏偏就跑到海滨来实习?别以为我是个傻子,去年在勐巴拉时我就看出苗头不对了,想不到你跑到海滨来追那个女人了!"

阿黎郎看见满屋狼藉，已经怒火猛升，加上苏末儿出言不逊，再也遏制不住了，冲了上去，一把拉起苏末儿的领子说："你以为你是谁？这里不是鲁南你们的家，可以那么为所欲为！"

"你是我男朋友，我就有资格管你！"

"这是你的认为，我从来没有答应过你！"阿黎郎实在忍不住了，这些年的怨气犹如火山一样爆发出来。

"什么？当初还不是我看你可怜，帮了你那么多忙，可如今你说翻脸就翻脸！你这个没良心的东西！"

阿黎郎浑身像被针刺了一下，气得脸色发青地说："对于你过去的帮助，我很感谢，如果这种帮助是带任何条件的，我宁可不要！我自己有一双手，我不需要任何人的怜悯！"

"反了反了，我家出了那么多钱资助你们家，你这不是过河拆桥吗！"苏末儿一下子朝阿黎郎扑过去，朝他又踢又打。

高大魁梧的阿黎郎才不吃这一套，轻轻地用手一挡就把苏末儿推得很远，他不屑地看了苏末儿一眼说："不就是仗着你家有几个臭钱吗？我从来就没有花过你们苏家一分钱！至于你家的投资，我回鲁南跟父母商量，大不了拆了我家的企业还你家的债！"

苏末儿这下傻眼了，从小到大她还从来没像今天这么输过，她一下子坐在地上又哭又闹起来。

小店里围观的人越来越多，其中不少是海滨大学的学生，自然有好事者回学校向同学们报告，消息很快传到韩梦露和江瑶瑶的耳里，两人商量了一下，决定去小店看看。她们刚进小店，就看见苏末儿一把眼泪一把鼻涕地在撒泼，江瑶瑶忍不住笑道："哟！谁家的小姐怎么坐在地上？"周围的学生都笑了起来。

苏末儿见许多不认识的学生都涌了过来，自知再闹下去，未免吃亏，于是站了起来，狠狠地对阿黎郎说："我告诉你，没那么容易便宜你！有种回鲁南去，看我妈不教训你！"回过头又对韩梦露等人说："转告林竹影，她是第三者，我绝不会放过她！"

这么多年，阿黎郎自己受了委屈尚可忍，他最不能忍受的就是让竹影受委屈，于是跳了起来，对苏末儿说："你有本事冲着我来，别拿竹影出气！"

"怎么了，心疼了？你越心疼，我就越骂她！"苏末儿的蛮劲又上来了。

韩梦露忍不住了,指着阿黎郎对苏末儿说:"你和他有什么瓜葛,我们管不着,可别骂到我们竹影头上!我告诉你,我们竹影认识他的时候,你还不知在哪里呢!还不知谁是第三者呢!"

就在这时,何子骞和薛亮也赶了过来,何子骞听同学说韩梦露和江瑶瑶去了小店,就知道不妙,他深知,凭韩梦露的脾气一定会帮竹影出气的,想不到进门还是看到了这一幕,连忙上前劝说到:"回去吧,别管他们的事!"

"竹影的事就是我的事!"梦露的倔脾气又上来了,一把拉过薛亮对着阿黎郎和苏末儿说:"看看清楚,这是计算机系的薛亮,他才是竹影要找的男朋友!谁稀罕你那个高黎鹏!"说完,拉着薛亮和何子骞就走。

想不到此话一出,惊呆了在场的所有的人!特别是阿黎郎就像被人当头一棒,打得晕头转向。而薛亮被韩梦露这一揭露,内心就像暴露在光天化日之下,无处躲藏!最可怜的就是何子骞了,他一边望着十分无奈的薛亮,一边又望着几乎绝望的阿黎郎,走也不是,说也不是。

这一切都被门外的两个男人看得一清二楚,这是谁都想不到的两个人物,一个是竹影的父亲林致远,另一个是苏末儿的父亲苏博超!

三十六、两位女孩的爸爸

原来,远在香港的苏博超就接到妻子王丽娜的电话:"博超,今天你什么时候回鲁南?"

"大概下午吧,现在我正准备去飞机场呢!"电话那头传来苏博超的声音,

"丽娜，有什么事吗？"

"你先去海滨吧。"

"怎么了？"苏博超感到很奇怪。

"来不及跟你细说了，你快去机场，改签机票，然后我会打你手机仔细告诉你！"王丽娜一看时间来不及了，匆匆挂了电话。

苏博超一边登机，王丽娜一边告诉他女儿独自一人去了海滨市。

苏博超听了松了一口气："我还以为什么大事呢，原来是孩子们的事，有必要让我去海滨找女儿吗？苏末儿也不是孩子了，她知道怎么处理自己的事！"

"不行！苏末儿可是我们苏家的独苗，海滨离鲁南这么远，她一个人出门，万一出了事怎么办？"

"哎！"苏博超深知妻子的脾气，她说的事是一定要办到的，再说他也许多年没回母校看看了，这次正好是个机会，与老同学叙叙，于是立刻改签了去海滨的机票。

苏博超挂了妻子的电话后马不停蹄地赶往海滨，他已经很久没来海滨了，他记得从海滨大学毕业后，再也没来过这里。

从机场出来，一路上他看到的景色已经让人眼花缭乱了，当年的海滨如今发生了很大的变化，当车子驶过海滨大学时，他的心不由得又跳了起来，这是他学业起飞的地方，也是他初恋开始的地方。

"我告诉你，这次到海滨是为了你的宝贝女儿，你可不许去找你的初恋！"王丽娜在电话里警告他。想到这里，苏博超轻轻地笑了，都过去这么多年了，王丽娜还记得当年的事。他心里很清楚这些年来，为什么王丽娜一直支开他去国外的公司，目的就是让他没机会和初恋见面，真是用心良苦！

不过，他一下飞机，就和老同学林致远通了个电话："致远，我来海滨了，有空吗？我们见个面！"

"呵呵，博超呀，这么多年没见面了，这次怎么有空来海滨？"

"见面再说吧！"苏博超约了林致远在海滨大学门口见面，因为王丽娜告诉他阿黎郎的小店就在海滨大学的附近，想要找到苏末儿，就先要找到阿黎郎的小店。

苏博超乘的出租车刚到，林致远早已站在海滨大学门口等他了。

"今天是双休日，去我家坐坐吧，我家就在附近，正好蕴涵也在。"林致远紧紧握住老同学的手提议道。

"叶子她好吗？"苏博超笑着问他。叶子是叶蕴涵在大学时期他给她起的别名。

"她呀，永远是这么忙！"林致远笑着拍了一下他的肩膀说，"这一点，你是了解她的。"

"呵呵……"苏博超大笑了起来。

叶蕴涵是苏博超大学时的初恋，被当时还是王家大小姐的王丽娜硬是从叶蕴涵的手里抢了过来，这就是为什么这些年来王丽娜一直不让苏博超来海滨的原因，她怕他们会旧情复燃。

"听说大学城附近开了一家小店，我还是先去那里找我女儿吧，正好有你带路。"苏博超简单地把王丽娜的嘱托说了一遍。

"呵呵，你的那位太太还是老样子呀！"林致远听完不由得失声笑了起来说，"好吧，我陪你去！"

按照苏博超提供的地址，他们很快就找到了这家小店，远远就看见店门口站了许多围观的学生，于是这一幕正好被两位父亲看得一清二楚，此刻他们才明白他们的女儿都爱上了同一个男孩！

这时，两人未免有点尴尬，但既然来了，总要面对这一切，就像当年他们作选择的时候一样，该来的是躲不掉的。

此刻，他们相对望了一下，然后点点头一起进了小店，里面围观的学生看见两位衣着整齐、气质非凡的长者走了进来，知道这两人的身份不一般，于是都悄悄地一个个离开了。

当他们走进小店的那一刻，阿黎郎就一眼认出其中一位是苏末儿的父亲，尽管他在鲁南只见过苏博超没几次，但他的模样还是很清楚地记在脑海里。如今见苏博超踏进店里，心里未免有点发起慌来，硬着头皮叫了声："苏伯伯好！"

苏末儿猛地见到父亲来了，真是又惊又喜！连忙上前委屈地说："爸爸，你可来了，你看，他们都在欺负我！"

"好了，你别说了，我都看见了，也都听到了！"苏博超生气地阻止苏末儿再说下去。

刚要跨出门的韩梦露可不买账，丢下一句话："原来是苏家大小姐呀，好家教呀！"

"好一张利嘴呀！"林致远指着韩梦露说，"我可认识你，你是管理系的韩梦露！"

原来是林教授！正在气头上的韩梦露这才看清楚站在苏末儿父亲旁边竟是竹影的父亲。

"林教授好！"韩梦露不好意思地笑了。

"林教授？"阿黎郎心里猛地一惊，会不会是竹影的父亲？他努力地回想小时候在勐巴拉见到林致远的情景，怎么就回想不起来了呢？

何子骞觉得现在再不拉韩梦露走就晚了，不知她还会惹出什么事来，于是上前对林致远说："林教授，我们还有事，先走了！"并礼貌地朝苏博超点了点头，悄悄拉了拉韩梦露的手，韩梦露乖乖地跟着他走了。

薛亮刚想跟着他们一起离去，林致远却叫住了他："你就是那个计算机系的薛亮？"

薛亮点点头站住了，他望着眼前竹影的父亲，想起刚才韩梦露的一番话，看来林教授什么都听见了，脸顿时羞红了，低声叫了声："林教授好！"

林致远正是为了刚才韩梦露的那句话叫住薛亮的，他从上到下仔细地打量着眼前这位白白净净、身材修长的小伙子，他想看清楚女儿要找的男朋友究竟是什么样子的？

薛亮被林教授看得很不好意思，只得轻轻说："林教授，你们聊吧，我先走了。"

"不用急着走嘛，既然来了，我们一起聊聊吧，今天的机会难得呀！"苏博超开口了，他觉得林致远尽管没开口说什么，但眼睛里透出某种特殊的成分，于是特意留下薛亮。

这时林致远走到阿黎郎身边问道："看来你就是阿黎郎了，都长那么高了，我都认不出来了！"

阿黎郎被晾在一旁很久了，刚才看见林致远那么关注薛亮，心里连连说："完了！完了！"这会儿见林致远问他，赶忙回答："林伯伯好！我就是当年的阿黎郎！"他特意把"当年"两个字说得特别响。

"到了海滨怎么没去看看我们？"林致远亲切地问道，他知道眼前这位阿黎郎就是他女儿从小到大一直挂在嘴边的男孩。

"我一直很想去你们家看望林伯伯和林伯母，可忙于小店开业，又不知道地址。"阿黎郎回答得有点牵强，其实是竹影不让他去她家，因为苏末儿，她不希望他跟她走得很近。

细心的苏博超已经听出话里的端倪，看来林家的女儿真的很像当年的叶蕴涵，是个处处替别人着想的女孩，如果她像王丽娜那样有心机，那里还有苏末儿的位置，可是自己的女儿苏末儿偏偏就不明白这些！

想到这里，苏博超问了一下林致远："致远，你女儿呢，怎么没来，我很想见见她！"

眼前的一切，苏末儿越看越糊涂了，那个林教授到底是谁呢？但一听爸爸称呼他"致远"，就知道爸爸与他的关系非同一般！其实还有两个人也是一头雾水，那就是薛亮和阿黎郎，他们怎么也搞不明白苏末儿的父亲会来海滨，而且还是和竹影的父亲一起来到小店？尤其是苏末儿的父亲这么亲切地称呼竹影的父亲，这到底是怎么回事？

林致远看了一下手表说："我已经打电话给她了，应该就要到了吧。"

听说竹影要来，屋子里的人都安静了下来，就连苏末儿也不再做声了，别看苏末儿平时凶巴巴的，就像王丽娜说的，她是个外强中干的人。因为苏末儿心里明白，她根本不是竹影的对手，秀外慧中的竹影早已捕获了眼前这两个男孩的心！

三十七、竹影的到来

竹影一早就去了图书馆，她一接到林致远的电话，心里难免嘀咕："去小店干吗？莫非有什么事？"

她边快步朝小店走去，走了没几步，迎面就遇到何子骞和韩梦露。韩梦露

见了竹影，一把拉住她，把事情的原委简单地说了一遍。

"怎么？苏末儿和她父亲都来海滨了？"竹影感到事情远比她想象得要严重得多，于是三步并着两步朝小店飞奔而去。

竹影一进店门，就看见里面狼藉一片，还好韩梦露在路上已经说过，否则还不知把她惊讶成怎么样了。她抬头一看爸爸和一个不认识的伯伯在一起，猜想这个大概就是苏末儿的父亲了吧，于是她先跟父亲打了个招呼，然后走到苏博超跟前笑容可掬地叫了声："苏伯伯好！"

苏博超早已注意到一位穿着整洁、容貌秀丽的女孩走进来，正打算如何开口，却没想到对方竟先开口称呼他"苏伯伯"。

"你就是竹影吧！"苏博超不得不感叹林致远夫妇把女儿培养得如此大方得体，不像自己的女儿霸道不讲理，还在这里丢人现眼！

"呵呵，看来不用我介绍了，你们都是先知先觉了！"林致远笑了起来。

苏博超一把拉过苏末儿，对她说，"这是我的老同学林致远，他就是竹影的父亲！"

"什么？竹影的父亲？"苏末儿这才明白过来，难怪刚才他们一起进来，这会儿见父亲拉了她一下，尽管心里很不情愿，但还是勉强地叫了声："林伯伯好！"

苏博超见女儿平静下来了，微笑着与大家打招呼道："今天的事是我女儿不对，我在这里向大家道歉！"

他走过去，拍了拍阿黎郎的肩膀，诚恳地说："高黎鹏，苏末儿的脾气我是知道的，这都怪我平时没好好教育她，我在这里替她向你道歉！"

阿黎郎没想到这么一个蛮横无理的女儿竟有如此一位彬彬有礼的父亲，他不好意思了，连连摆手说："算了，事情已经过去了。"

"这里的一切损失应该由我这个父亲来赔偿！"苏博超坚决地说，"我会派几个人来把这里重新收拾和装修！"

"不不不……"阿黎郎一个劲地摇头说。

就在他们争执不下时，沉默了半天的薛亮开口说："这样吧，我有好几个同学都是学工程和装潢的，我请他们来这里重新装修，恢复原来的样子！"

林致远赞许地点了点头。

"这……"阿黎郎没想到薛亮这时会挺身而出，他一时语塞了。

"这怎么行呢？这不影响他们的学习？"苏博超担心地摇摇头。

"没关系的，平时他们都住在学校，下午上完课就过来，很方便的！"薛亮一再解释道。

苏博超细细打量着薛亮，这位男孩有如此胸怀，不得不让他刮目相看。

"博超，这事你就交给薛亮，让孩子们去处理吧。"林致远笑了笑对苏博超说。

苏博超见他们如此坚持，就说："好吧，就听你们的，不过相关的费用还是应该我出，否则我会心里不安的！"他的话刚说完，苏末儿再也忍不住了，她从小到大，还不知道什么叫道歉和赔偿！这下父亲又是道歉又要花钱弥补损失，这算怎么回事！她委屈地朝苏博超叫道："爸爸，凭什么？"

"你给我闭嘴！你还嫌事情没闹大？"苏博超狠狠瞪了苏末儿一眼，苏末儿这才把话咽了下去，顿足转身朝门外跑去。

"苏末儿，别走……"竹影见状连忙去追苏末儿，苏博超连连朝竹影摇手说："让她去吧，都是被她妈妈宠成这样的，再这样下去还了得！"

林致远觉得这事应该赶快结束，否则真的没完没了，于是笑着说："今天的事就到此为止吧！"

他走到三个年轻人面前诚恳地说："孩子们，你们都长大了，应该懂得如何去处理自己的事情，不要让我们这些做家长的再担心。你们还年轻，感情固然重要，但今后的路还很长，希望你们一切以学业和事业为重！"

一席话说得阿黎郎低头不语，竹影和薛亮也沉思起来。

三十八、往事如云

　　林致远和苏博超离开小店,林致远笑着拍着苏博超的肩膀说:"这么多年没见了,到我家里去坐坐。我已经打电话给蕴涵了,她在家等我们呢!"

　　"什么?叶子今天也在家?真是难得呀!"苏博超知道叶蕴涵是个大忙人,平时很难见到她的。

　　"你呀,别忘了,今天是星期天!"林致远笑了起来。

　　"哟,看我这记性!"苏博超笑着拍了拍自己的脑袋。

　　林致远开车带着苏博超和女儿朝家中的方向驶去。路上,苏博超掏出手机打了个电话给苏末儿,毕竟把女儿带回去是他这次来海滨的主要任务,否则他回去没法跟妻子交代。

　　"末儿,你在哪儿?"苏博超连续打了好几次电话才接通苏末儿的手机。

　　"你不用管我!你只知道关心人家的孩子,我的事你从来不过问,这会儿怎么又想起我还是你的女儿?"

　　"末儿,你是我的女儿,怎么会不关心呢?平时我一直在国外跑,对你的关心是少了点,这一点爸爸很抱歉!但是你现在好歹是个大学生了,做什么事都要经过大脑思考,不能由着性子来,这次你在海滨闹得实在太不像话了!"

　　"这都是那个高黎鹏惹出的祸,本来我们在鲁南相处得好好的,想不到半路上杀出个林竹影来,把一切都搅乱了!"听得出苏末儿在电话那头在哭泣。

　　"孩子,感情的事要两相情愿,这是最起码的道理,你怎么就不懂呢?"苏博超本想拉苏末儿一起去林家的,顺便可以缓解一下她和林竹影的关系,现在看来几乎没有这种可能,他只能叹了口气说:"这样吧,你先去宾馆等我,别乱跑,再也不要惹是生非了,等我把回鲁南的机票订好,我们就回鲁南,你妈妈还等着我们呢!"

挂完电话,苏博超不好意思地对正在开车的林致远说:"这孩子越来越像她母亲了。"

林致远笑了笑说:"你也别责怪她了,以后你要多多关心了解她。"

"是呀!"苏博超点点头说,"在对待孩子的教育问题上,我有不可推卸的责任!"

两个老同学说说笑笑,不一会儿就到了林家,老远就看见叶蕴涵在院子里迎接他们。

林家住在海滨大学旧的教师宿舍楼改建的房子里,外观看上去虽然旧式了一些,但这幢两层楼的小楼房在高楼耸立的海滨市来说拥有着难得的清静。

门口的院子不大,零零星星地种着一些花草,看得出主人无心打理它们,显得有点凌乱。

"致远,看来你还是那样不善于打理呀!"苏博超笑呵呵地说。

"惭愧,没时间呀!"林致远指着叶蕴涵说,"我们俩人一向穷忙,不像你,家里司机、工人一大堆呀!"

"呵呵……"苏博超和叶蕴涵都笑了起来。

"快进屋去吧,饭菜已经准备好了。"叶蕴涵忙招呼客人进屋,并吩咐竹影:"孩子,快替你苏伯伯倒茶!"

竹影应了一声,也忙开了。

苏博超进屋,迎面就看见一幅水墨画挂在墙上,画中海滩旁一对恋人依偎着,望着远方渐渐泛起的日出,身边一排排壮阔有力的浪花拍打着沙滩。他呆呆地看,思绪又回到大学时代……

他和叶蕴涵有着共同的爱好就是喜欢水墨画,他常常带着叶蕴涵去海边写生。

"博超,你看这幅画,好像还缺点什么?"叶蕴涵拉过苏博超指着她的画说。

"来,我帮你补上。"苏博超握着叶蕴涵的手一起在画纸上画了起来,不一

会儿画上添上了一对恋人互相依恋,整个画面顿时生动起来。

"博超,你真好!"叶蕴涵偎依在苏博超的怀里,幸福地望着远方的一艘艘扬帆起航的渔船,心里憧憬着他们美好的未来……

可现在,苏博超的眼睛有点湿润,轻声地问叶蕴涵:"叶子,这幅画你还保留着?"

叶蕴涵微笑地回答:"本来我想撕了,但被致远阻止了。他说留住它,不仅仅是留住美好的记忆,还是一种艺术的保留。这幅画把最纯真的感情用艺术的方式留了下来,毁了就可惜了。于是他特意把画装裱了一下,还镶了相框。"

"致远,其实我从一开始就输给你了!"苏博超无比感慨地说,正是林致远的这种睿智和胸怀,才能最后赢得了叶蕴涵的芳心。

"呵呵,我还得感谢当年你把这么好的女孩让给我,这是我一生的幸福!"林致远一脸幸福,搂着妻子说道。

"叶子?"竹影这才知道妈妈原来还有一个那么美丽的名字,而且还有那么一段浪漫的感情。尤其是听了妈妈那段叙说,让她对爸爸有了更深的认识,她在爸爸身上似乎看到了一个熟悉的身影,她沉思起来……

三十九、鲁南之行

一星期后,阿黎郎动身回鲁南,在回去之前,他又一次见了竹影。

"竹影,我这次回鲁南是要处理一下自己的事,我不能这样老是躲在海滨,这样并不解决问题。"阿黎郎对竹影说出了自己回鲁南的打算。

"去吧,如果你考虑好了,就去跟你父母好好商量,取得他们的支持和理解,这很重要!"竹影耐心地劝说道,"回去好好跟苏末儿沟通,不要吵架,她毕竟跟你相处了那么多年,她对你还是有感情的,不要伤害她!"

阿黎郎望着这位善良的女孩说:"我明白,我走了之后,你也要保重!"

竹影很想说:"为什么横在我们之间除了分离还是分离?"但她却默默无语,她怕阿黎郎分心。

阿黎郎走了,满怀信心地走了。

望着他的背影,竹影的眼泪不知不觉地流了下来。

可是远在鲁南的袁辰辰看见儿子回来了,那个高兴劲儿就别提了。自从阿黎郎大学毕业后,丢下一句:我去创业了!然后就在鲁南消失了,几个月来一点音信都没,后来才知道他去了海滨,不用问他准去找林竹影了。

袁辰辰还是小时候见过竹影,留给她的印象是一个又瘦又弱的小女孩,怎么会有那么大的魅力来吸引自己的儿子呢?

"儿子呀,来让妈妈好好看看!"袁辰辰一把拉过阿黎郎,从上到下看了个够。

"瞧你这副样子,好像儿子少了什么似的。"高长黎一向不善言表,其实他心里一直盼着儿子回来。

"爸爸,你好吗?你的腿病还好吗?"阿黎郎一边说,一边从包里拿出一包药,"你看,我从海滨带回来一包治你腿病的药膏,每次敷一张,然后隔一星期换一次,一个月一个疗程。"

一家子正在忙活的时候,桌上的电话铃声响了,袁辰辰一接起电话,就听见对方传来一声询问:"辰辰,听说你儿子回来了?"

"是董事长呀,是呀,我儿子回来了。"袁辰辰的脸上马上堆满了笑。

"待会儿请你儿子来一趟我家!"袁辰辰还想问什么,对方早已挂了电话。

电话是王丽娜打来的,阿黎郎一回鲁南,就有人向她报告。自从苏博超把女儿从海滨带回来后,她从丈夫的口里得知女儿在海滨大闹了一场,虽然她不太赞同丈夫向那个高黎鹏又是道歉,又是赔偿的做法,但毕竟自己女儿做得是有点过分。算了,这点钱在她眼里算什么,只是觉得面子上有点过不去而已。

现在阿黎郎回来了,她觉得应该好好找他谈谈。

阿黎郎听到王丽娜让他去一次苏家,心里不由得一阵反感,但为了解决与

苏末儿的关系,摆脱苏家的控制,他必须面对苏家亮出他的底牌。

阿黎郎踏进苏家,只见苏博超和王丽娜都在客厅里坐着,就是不见苏末儿的人影。他上前礼貌地问候道:"苏伯伯好!阿姨好!"

"是高黎鹏呀?你回来了?"苏博超笑着问。

"是的,刚刚到。"

"怎么?刚到?"苏博超转过身对着妻子,眼神里充满了埋怨,他知道是妻子把阿黎郎唤来的。

王丽娜只当没看见,只管问:"高黎鹏,听她爸说,末儿在海滨给你带来不少麻烦。这孩子真是太任性了!"

"没什么,已经过去了。"阿黎郎淡淡地回答。

"高黎鹏,今天请你来,主要是想听听你今后的打算。"王丽娜婉转地问。

阿黎郎明白王丽娜话里的意思,但不管怎样,今天他一定要把自己的想法说出来,再也不能这样下去了,否则对两个女孩都是一种伤害。

"我打算回勐巴拉创业。"阿黎郎的话直奔主题。

"怎么?回勐巴拉?"王丽娜以为自己听错了。

"是的,勐巴拉是我的故乡,我熟悉那里的一切!"阿黎郎慢慢地叙说道,"我在大学时,就已经规划过,勐巴拉的旅游业还有很大的上升空间,那里需要很多民间的手工艺品,而且这几年我在我父亲那里已学会了不少手艺,我相信在那里我会有很好的发展。"

"很好,不错!"苏博超听了连连点头,他不得不佩服女儿的眼光,眼前这个小伙子确实挺棒,只是可惜他已心有所属。

"那么资金呢?"王丽娜问道,在她的眼里,这样的创业计划少不了资金,而资金又少不了苏家的帮助。

"我打听过了,当地有政策,大学生自主创业可以向银行贷款,而且是低息贷款。"阿黎郎信心十足。

"有志气!"苏博超佩服阿黎郎这么年轻就有那么远大的目标。

王丽娜有点气馁了,但还是镇定地说:"那么你们高家在鲁南的企业呢?你可是你们高家的独苗!"

阿黎郎早料到王丽娜一定会提到他家在鲁南的企业,这是他一路上反复思考的问题,这会儿他胸有成竹地回答:"鲁南的企业有我父母在照应,他们正值壮年,也正是发展的旺期,没有我的帮助,他们也会发展得很好。"

说到这里,阿黎郎话锋一转说:"不过,我知道苏伯伯和阿姨给我家提供了大量的资金,才使我家能有今天的发展。我会与我的父母共同努力,并作出一个计划,尽快地把资金还给苏家!"

好个阿黎郎!他终于把憋了好多年的心里话说了出来,心里顿时轻松多了。他站在那里,一动不动,就像一幅雕刻一样不容别人侵犯。

王丽娜彻底无言了,眼前这个小伙子不但有备而来,而且还把话说透了,有礼有节,无懈可击!

苏博超笑了起来,把阿黎郎拉着坐下说:"请你到我家来,不是来谈资金的。还是谈谈竹影吧。"

谈起竹影,阿黎郎的脸上顿时笑容灿烂,他回答道:"她很好,她明年毕业。"

"明年她也准备和你一起回勐巴拉?"苏博超关心地问,"她父母同意吗?"

"还没跟她父母商量过,不过问题应该不大,她父母都是通情达理的长辈!"

听听,这是什么话!林竹影的父母很通情达理,那么我们呢?!王丽娜越听越气。

"真没想到,致远和叶子培养了这么一个优秀的孩子!"苏博超真是无比感慨。

"叶子?"王丽娜敏感地问,"哪个叶子?"

"哦,我忘了告诉你,林竹影就是大学同学林致远和叶蕴涵的女儿!"

"叶蕴涵"这三个字像雷电一样击中了王丽娜,真是一波未平,一波又起,女儿的事没解决,又跑出来一个叶子,她这才明白这次让丈夫去海滨找女儿是件多么蠢的事!

王丽娜气得站了起来,大声叫道:"末儿,末儿……"

四十、他和苏末儿摊了牌

就在阿黎郎去苏家的时候,苏末儿正在鲁南的一家迪吧里喝酒跳舞。苏博超把她从海滨拽回来后,她几乎夜夜泡在迪吧里消磨时间。

"你看人家林竹影,不知比你强多少,不但勤奋好学,而且大方豁达,知书达理;在学校和社会上还有一定的知名度。你呢? 万事只由着自己的性子来,想怎么样就怎么样,不顾别人的感受也就罢了,还不顾自己的脸面在那里胡闹!"

每每苏博超说到这里,苏末儿总是万般委屈,不断埋怨说:"你们只知道忙着赚钱,从来不关心我! 她林竹影不就是能歌善舞嘛,明天我也去学!"

于是苏末儿天天泡在迪吧里鬼混,她还办了一张会员卡,反正她有的是钱。

这会儿王丽娜看见丈夫和阿黎郎只顾谈林竹影了,不满地打断说:"你只顾说别人的孩子,忘了自己的孩子了!"

苏博超见妻子不高兴了,连忙把话打住,问了一声:"末儿去哪里了?"

阿黎郎他正想要找苏末儿谈谈,于是乘机说:"我去找她!"

王丽娜见阿黎郎愿意去找女儿,原本死去的心,又重新燃起了信心,看来要找袁辰辰谈谈,让她好好看住自己的儿子,不要再往海滨那边跑了。

阿黎郎出了苏家,挥手对刚才把他接来苏家的司机说:"把车开到你家小姐去的地方!"

司机想了想说:"她现在应该在南南迪吧。"

南南迪吧是在鲁南市最热闹的南山区里,司机非常熟悉那里的路段,不一会儿黑色宝马车就停在了迪吧前的广场上。

虽然已经是深夜了,但南南迪吧里还是一片灯红酒绿,一群群男男女女在舞池里疯狂地转动着,舞台中央的聚光灯闪着五颜六色的灯光呈弧字形在晃动,和着颤抖的音乐,使得人心都在抖动。

阿黎郎还是第一次来这里,以前曾听说过南南迪吧,这是鲁南一家高级迪吧,来这里的大多是"富二代",每天都可以看到许多名牌轿车在这里进进出出。

阿黎郎不由得皱起了眉头,就在这时,一位衣着整洁的服务生走了过来,一手托着盘子,彬彬有礼地问:"先生,请问需要什么酒?"

阿黎郎有点窘,他想说他不会喝酒,但他知道,到这里来的人都会喝酒,而且喝的都是高档酒。他尴尬地说了句:"我是来找人的!"

"请问,想找哪位小姐?"

阿黎郎顿时脸红了,他很后悔来这里找苏末儿,主要是心里急着找苏末儿摊牌了,还是明天到苏家去找她吧!

他正想走,四周的灯光忽然变暗了,只有舞池中央通红的灯光发出耀眼的光芒,灯光下,一个女孩一手拿着酒瓶,一手拿着话筒,一边唱,一边摇头晃脑地跳着,还时不时地喝一口酒。

这就是苏末儿!

舞池下的男男女女一起起哄道:"苏末儿,喝一口!"

"好!再喝一口!"

阿黎郎顿时觉得一股热血冲上脑门,他一个箭步跑了过去,一把夺过酒瓶,狠狠地朝地上摔去,然后扯过苏末儿的领子就往外走。

"哎……"苏末儿还没反应过来,就被阿黎郎拖到门外。

"我告诉你,就凭你这副样子,你一辈子都学不会竹影的舞姿!"阿黎郎气喘吁吁地说。

这时苏末儿才看清楚眼前站的是阿黎郎,气不打一处来,海滨受的委屈顿时涌上心头,她上前大喊道:"我就知道你看我不顺眼,处处帮着那个女人!我有什么地方不如她?"

阿黎郎冷冷地回答:"你倒是说说,你有什么地方比她强的?"

"我……"苏末儿气得说不出话来,"就凭这么多年我们家对你家的支持,还不如她跳的几个舞?"

"说来说去,还不就是个钱字!刚才我去过你家了,我已经很清楚地把我的想法告诉了你父母,我一定用自己的双手去创业,还清你家的钱!"

"什么?你去过我家了?"

"是的,我这次回鲁南就是想跟你说清楚,我要和竹影一起回勐巴拉去创业,在那里建设我们幸福的未来,这是我从小给她的承诺!"

"那我呢?"苏末儿咆哮起来。

"我和你之间的所谓朋友,都是父母的意思,并没有得到我的同意,这点我一直在提醒你,我跟你不合适!"

"算你狠!高黎鹏,我恨你!"苏末儿哭着朝马路上狂奔起来,吓得苏家那位司机哇哇乱叫:"停下,小姐快停下!"

"你乱叫什么?还不快把车子开过去,把你家小姐接回家!"阿黎郎朝司机一挥手,车子跟着苏末儿的人影飞快开了过去。

喝得醉醺醺的苏末儿跟跟跄跄地跑着,一不小心一头撞在大树上来了个四脚朝天,顿时一个像杀猪般的声音在黑夜里吼叫着,嚎哭着……

阿黎郎打开车门,跑到大树下,一把抱起苏末儿,把她塞进车子,然后对司机说:"还愣着干吗,还不赶快把你家小姐送回去!"

四十一、敬老院的歌声

节前的敬老院装扮得十分喜庆，院子两边的长廊上挂着两排红红的灯笼，每个灯笼上都有一个灯谜，所有灯谜全是这里的老人们自己制作的，供人一边观赏，一边猜谜。每间房屋里不时地传来老人们自编自演的乐曲声。

韩梦露是个大忙人，一会儿与社区的干部沟通，一会儿又与敬老院的负责人联络，虽然已经是初冬了，但她的鼻尖上竟沁出几滴汗珠来。

"这么忙，这个子骞竟没来帮忙！"她不停地埋怨着。

"好了，别发愁了，我跟社区的干部商量过了，他们负责社区和大学的节目组合，连报幕员也是他们担任。我们的主要精力放在帮助老人们练习自编自演的曲目，提高老人的兴趣，还有我们自己的节目都是现成的。"竹影微笑地对韩梦露说。

韩梦露终于松了一口气，一手勾着竹影的头颈说："还是我的竹影好啊！那个子骞不知忙什么去了？哪儿都找不到他人影！"

竹影笑了笑，指着韩梦露的鼻子说："瞧你，怎么连一刻都分不开呀！男人嘛，有时也要给他一点自由支配的时间！"

"我才不像你，把男人自由到已成了别人的男朋友了！"

"好你个得理不饶人的梦露，让我看看，你这张嘴里到底长什么了？"韩梦露刚想躲，迎面跑来江瑶瑶。

"你们还在这里闹，那边已经开场了。"江瑶瑶带着两人跑进会场。

"敬老院迎新春晚会现在开始!"报幕员是社区的一位女干部,尽管年纪已过半百,声音还是那么响亮。

"第一个节目是敬老院的老师们合唱《曾经年轻过》。"

"这歌名起得真好!"韩梦露拉了一下竹影的袖子说。

"这是李老师写的歌词,然后请大学里的音乐老师谱的曲。"竹影轻声说道。

老人们今天都穿起了新衣,看起来特别精神,在台上排成两排,李老师站在队伍的中央。

报幕员又高声说:"指挥,海滨大学的林竹影!"

台下一片掌声。竹影一下子跳上台去,高举起双手朝台下的乐队轻轻一挥,缓缓的音乐声响起了。前奏一过,又见竹影指挥着老人们齐声唱道:

岁月从指间划过

我们曾经年轻过

轻轻一首熟悉的歌

尘封的往事从心头溢出

今夜我徜徉在梦中

那片曾与你相遇的桃园

拥一曲琴韵入心怀

把我和你的约定凝成永恒

…………

老人们的歌声虽然有点苍老,但唱得是那么认真、那么执着。台上指挥的竹影被老人们深深地感动了,台下的韩梦露和江瑶瑶也被感动了,拍得手掌都红了。

节目在有条不紊地进行,不时穿插着一两个灯谜,乐得老人们哈哈大笑。就在这时,报幕员走到台前笑着说:"下面请来自鲁南大学的基诺族小伙子高黎鹏弹唱《勐巴拉,我深情的守候》,他刚刚从鲁南赶来,他这次不是用笛子演奏,而是用吉他弹唱,请大家欣赏!"

这下韩梦露傻眼了,这次节目单她事先看过,但没看到这个节目,难道是临时加出来的? 她看了一眼竹影,只见竹影两眼呆呆地望着舞台说不出一句话。

　　这个节目确实是临时加出来的。阿黎郎下午刚从鲁南赶回海滨,正好赶上敬老院的迎新春晚会,于是临时决定参加这次晚会的演出,给老人们助兴。

　　今天的阿黎郎穿着一身基诺族的服装,手拿着一把吉他,站在舞台的中央,用手指轻轻地弹了起来,低沉的琴声缓缓从吉他里传出来,向四周荡漾开来。伴着乐声,阿黎郎展开了他的男低音:

　　　　你的一个转身
　　　　留下一行为我伫立的脚印
　　　　泥泞地弯弯曲曲伸向远方
　　　　心依旧,人已隔天涯
　　　　风吹起的时候
　　　　思念的长线紧握手中
　　　　漫天的飞花
　　　　飘远了粉色的风筝
　　　　却拒载了多情的我
　　　　我的世界一片荒芜

　　台下的竹影根本没想到这时阿黎郎会从鲁南赶来,更没想到他会上台演出。她还是第一次听到阿黎郎的歌声,她一时手足无措起来。台上阿黎郎的歌声,低沉而又婉转,与吉他的巧妙结合,使伴奏和歌声融为一体,尤其是那歌词简直就是针对着竹影唱的,竹影的眼眶里闪着晶莹的泪光。

　　韩梦露睁大眼睛说不出话来,江瑶瑶刚想说句什么,被韩梦露一下子打了下去,轻声说了几个字:"你听下去!"

　　台上吉他声声,阿黎郎的歌声在继续:

　　　　多少次我们梦里相会
　　　　我捧起你的脸庞
　　　　你那深情而又忧伤的眼神
　　　　落入我的心里缓缓流淌

我在
勐巴拉等你

这是一座没有你的古镇
曾经的倩影是我的守候
我在最初相遇的地方
追寻遗落的足迹
我该如何找到你
我最心爱的姑娘

今夜,柔情的风轻拂着我
犹如你那温柔的双眸
在我的山水里
勾画出勐巴拉纳西
曾经的誓言
在你转身的瞬间
点亮了我心中的航程
我把心愿组成一串串音符
在那棵与你相拥的大树下
依旧是我深情的守候
…………

听到这里,竹影再也忍不住了,一下子冲了出去,韩梦露和江瑶瑶见势不妙,连忙跟了出去。

这一切被在台上的阿黎郎看得清清楚楚,演唱一结束,他立刻把吉他往旁边的演员手里一塞,赶忙也追了出去。

院子里人影稀少,大部分人都在大厅里看表演。一阵寒风吹得满园的红灯笼不停地晃动,竹影站在回廊边,不觉热泪滚滚,江瑶瑶在一旁束手无策,还是韩梦露狠狠地跺了一下脚说:"这个阿黎郎真是无孔不入!"

"对不起,我能不能和竹影谈谈?"阿黎郎此时已站到她们的面前,礼貌地朝韩梦露点点头,韩梦露还想说什么,却被阿黎郎的眼神镇住了。

阿黎郎走到竹影身边,轻声说:"别哭了,都是我不好,让你等了那么久!"

竹影再也忍不住了,一下子扑到阿黎郎的怀里,眼泪像决堤的洪水冲垮了长期以来的防线。阿黎郎紧紧搂着竹影,他怕再次失去竹影,嘴里喃喃不停地说:"竹影,我爱你!别离开我,好不好?"

"哎!"韩梦露仰天长叹,她为好友叹息,也为薛亮叹息,看着眼前这对抱得紧紧的男女,她还能说什么呢?!

江瑶瑶拉了拉韩梦露的手,悄悄地说:"我们走吧!"

韩梦露刚走几步,马上又转身狠狠丢下一句话:"高黎鹏,我告诉你,日后你要是辜负了竹影,我和子骞绝不饶你!不,是整个海滨大学的同学绝不饶你!"

阿黎郎一句话也没说,而是取下自己脖子上的一块玉,轻轻地挂在竹影的脖子上说:"这块玉佩是我家祖传的,自从你离开勐巴拉后,奶奶一直很挂念你,希望有朝一日能亲自替你挂上它,可遗憾的是她再没机会见到你了。现在我把它挂在你身上,也算了却了她的心愿。"

竹影刚想说什么,却被阿黎郎用热烈的吻堵住了她的唇……

韩梦露她们出了敬老院没多远,就看见骑车前来接她们的薛亮和何子骞。江瑶瑶慌了,连忙朝他们摇手:"不要进去!"

说时迟,那时快,薛亮已停好自行车,正准备跨进院去,韩梦露急忙拉住他:"别,别进去!"

"为什么?竹影呢?"薛亮早已看清竹影没在她们之中。

"她,她……"韩梦露一时语塞回答不出来。

"她到底怎么了?"薛亮犀利的眼光直射两个女孩,江瑶瑶早吓得往韩梦露身后躲去。

"她,她身体不舒服,所以……"韩梦露结结巴巴起来。

"所以怎么了?"看着结巴的韩梦露,薛亮一脸疑惑。

"她先回家了。"韩梦露豁出去了,今天只能把谎话编到底了。

"是真的吗?"薛亮有把眼光扫向江瑶瑶。

"对对对,她是回家了。"江瑶瑶一个劲地点头说。

四十二、再回鲁南

时间过得很快，一转眼春节已经过去，自从元旦之前，阿黎郎回到了海滨之后，袁辰辰一连打了好几个电话给他，可阿黎郎死活不肯再回鲁南。

就在袁辰辰走投无路的时候，秦秘书打电话给她了："董事长要你去一次她的办公室。"

袁辰辰接完电话，就知道事情不太妙，王丽娜一般无事不召见自己，这次肯定是为了儿子阿黎郎！

袁辰辰的一举一动早在王丽娜的掌控中，如今她一进来。王丽娜就开门见山地问："你儿子还在海滨？"

"是。"袁辰辰低声回答。

王丽娜冷笑地哼了一下。

"哎，是我无能！我不知跟他说了多少回了，就是没用。"袁辰辰连连摇头叹息道。

"不能硬拖，但可以软拖呀！"

"软拖？"袁辰辰不解地看着王丽娜。

王丽娜不屑地看了袁辰辰一眼说："难道还要我教你？"

袁辰辰回到家，冥思苦想了几天几夜，终于想出了一个办法。第二天，她打通了阿黎郎的手机。

"妈妈，有事吗？"阿黎郎知道妈妈打来电话不会有什么好事，准又是为了苏末儿，"我正忙着呢，有事快说，但其他事就不要说了。"

"孩子呀，这次过春节你也没回家，你爸爸特别想你，加上最近这段时间家里特别忙，你爸他累倒了。"

"什么？爸爸病了？什么病？去看过医生了吗？"阿黎郎一听父亲病了，不由得着急起来。

"看过了，医生说是旧病复发，一时半会儿好不了。"袁辰辰说到这里，声音哽咽着说，"家里只有我一个人，又要照顾你爸，又要打理公司的一切事务，我实在吃不消了，再说你爸爸很想念你，你能不能回来看看你爸，也好让我喘口气。"

"这……"阿黎郎这下被难住了，他本来是想回家过年的，但他一想起上次回鲁南的情景，就把脚步缩住了。这次父亲生病了，肯定与自己没回家有关，阿黎郎不由得内疚起来。

在学校门口阿黎郎找到了竹影，竹影一听是高伯伯病了，连忙就说："你还犹豫什么？还不赶快回家去看看你父亲！"

"可这里怎么办？小店刚刚兴旺起来。"阿黎郎很为难。

"没关系，这里就交给我吧，再说小店不是还有一个伙计在吗？"竹影提醒阿黎郎说。

"对对对，我真是急糊涂了，我让伙计先照看一下，如果人手不够就让他雇人帮忙。"

"不用，这段时间我正好在写毕业论文，不用每天去学校。我把笔记本搬到你的小店去，一边写论文，顺便也可以照看一下店里的生意。"竹影微笑地说，"放心吧，我不会要你工资的！"

"竹影……"阿黎郎望着竹影什么话都说不出来，能和这样的女孩相伴终生是他一生的幸福！

"放心去吧，这里有我。到了鲁南，别忘了向你父母问好！"竹影永远是那么体贴人，即使别人想伤害她，她也是这样温和善良。

阿黎郎忍不住上前搂住竹影说："你真是个好女孩，等着我！等我回来，我们就一起去勐巴拉创业！"

"嗯，我答应你！"竹影一个劲地点头。

此时的阿黎郎还有什么好说的，他捧起竹影的脸庞，轻轻吻着竹影，但很快

这个吻变得热烈和狂野,他恨不能把这个吻永远地刻在心里,直至永远。

阿黎郎走了,他又回鲁南了。

这一切被刚出校门的韩梦露看得非常清楚,她见阿黎郎走远了,才走到竹影身边,轻声地问道:"你真的决定跟他去勐巴拉了?"

竹影点点头说:"我决定了!"

"你知道吗?学校已通过了你出国留学的面试,你就这样放弃了?"

"通过了?这么快?"

"学校已经在网站上公布了,你、我,还有子骞和薛亮都通过了!"韩梦露兴奋地拉起竹影的手说,"我们四个人一起出国留学吧,这可是我们四年来一直为之奋斗的目标呀!"

是呀,四年了,时间过得真快!四年前,她与同宿舍的韩梦露相约,四年后一起去国外留学,然后学成后回国报效祖国。

可是现在,竹影沉默了……

四十三、漂亮的基诺族服装

阿黎郎拿起背包,当天乘飞机回到了鲁南。

袁辰辰没想到儿子会这么快就回家,她拉着儿子的手,高兴地说不出话来。

"听说爸爸病了,竹影一个劲催我回家,所以我连忙买了机票直飞鲁南!"

原来是竹影叫他回来的,看来这个女孩的魅力真大,她的一句话足以顶她这个母亲十句!想到这里,心里的气又上来了,但现在她不能发火,必须忍住,否则儿子一甩手准回海滨去。

"孩子,让妈妈好好看看,这些日子你在海滨过得好吗?"袁辰辰拉着儿子看个够。

"妈妈,你不是说爸爸病了吗?他在哪儿?是不是在医院?"阿黎郎奇怪地问母亲,怎么不提父亲的病情?

"谁说我病了?我这不是好好的吗!"高长黎从里屋走了出来。

"爸爸,你没病?"阿黎郎惊讶地看着父亲,然后问母亲,"你不是在电话里对我说爸爸病得很重吗?"

袁辰辰以为阿黎郎大概要过几天才回来,所以还没与高长黎提起,确切地说她还没想好怎么向忠厚老实的丈夫说出把儿子骗回来的计策。

"你?你怎么说我病了?"高长黎一头雾水,望着妻子。他知道妻子又不知在干什么鬼名堂,但还是对阿黎郎说:"孩子,你既然回来了,好歹也休息几天,让我们爷俩好好聊聊,然后你再回海滨好吗?"高长黎从来不求人,这时他的眼神里流露出对儿子的牵挂和不舍,阿黎郎不忍心父亲为他这样担心,于是点点头说:"好吧,不过不能在鲁南待得太长,否则竹影会担心的!"

又是林竹影!袁辰辰刚想发作,但对自己说,要忍住!

饭后,袁辰辰就把苏末儿约了出来。她热情地把苏末儿迎进办公室。

"末儿,来请坐。"袁辰辰亲自为苏末儿泡了杯茶。

"阿姨,你叫我来干吗?"

"末儿,阿黎郎回来了。"袁辰辰一边说,一边观察苏末儿的脸色。

"什么?他回来了?"苏末儿高兴地站了起来,但马上又坐了下去,沮丧地说:"他回来又怎么样?我知道他讨厌见我!"

"末儿,不是我说你,你太单纯了,一点都不了解男人的心。"袁辰辰拉着苏末儿的手说,"男人需要温柔,需要鼓励,更需要魅力!"

"阿姨,你教教我!"从来不知道向别人虚心请教的苏末儿为了阿黎郎,竟向袁辰辰请教说。

袁辰辰笑了笑站了起来,拿出一件早已准备好的服装给苏末儿说:"你看这是我从勐巴拉带来的基诺族服装,很多年没穿了,但还是那么美丽。这是我年轻时的服装,你穿正合适。"

苏末儿抖开服装,是一件粉色的裙子。裙子很长,像是要拖到地上,裙摆上

用无数条五彩的丝线穿过亮丽醒目的装饰物，点缀在裙子的边边角角，显得分外夺目。尤其是领子上镶了一条刺绣花穗，发出金黄色的光芒。

"真漂亮！"苏末儿穿过那么多国内外名牌服装，还是第一次看见这么美丽的民族服装。

"你试试，看看是否合适？"袁辰辰帮苏末儿换上了长裙，拉着她到镜子里照了又照。

"末儿，这件裙子穿在你身上真的是太美了，阿黎郎见了肯定会喜欢的！"袁辰辰高兴地说，"来，让阿姨把你的头发盘上去，那就更像基诺族姑娘了。"

"过几天就是阿黎郎的生日，你们见个面，所有误会都会解决的。"袁辰辰很有把握地说。

"谢谢阿姨！"苏末儿高兴地跳了起来。她刚想走，袁辰辰好像想起什么似的对苏末儿说："还有把这个香袋放进穗子里。"说着她递给苏末儿一个香袋。

这是一个很普通的香袋，苏末儿拿起香袋想闻闻这香味，却被袁辰辰拦住了，轻轻说了声："别急着闻，等你穿上这衣服时自然能闻到香味。"

苏末儿兴高采烈地拿着衣服走了，看着她的背影，袁辰辰松了一口气，她的第一步终于成功了。

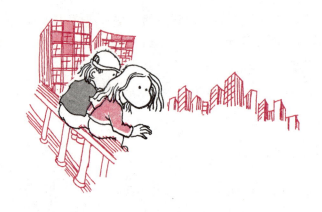

四十四、不胜酒力

　　鲁南的夜是繁华而又喧哗,袁辰辰在鲁南饭店预订了一桌酒席,她对高长黎和阿黎郎说:"我们一家子很久没在一起聚餐了,今天就不在家忙碌了,还是到外面去用餐。"

　　"妈,今天又不是特别的日子,干吗去破费!"阿黎郎觉得妈妈自从开了公司后,也变得阔气起来,这样下去,什么时候才能还清苏家的债务呀!

　　"孩子,到了那儿,你就明白了!"袁辰辰没再跟儿子解释什么,招呼了一下高长黎上车,自己坐在驾驶室里,等阿黎郎上车,袁辰辰就把一家子带到了鲁南饭店。

　　鲁南饭店的服务员早已认识了这位小有名气的企业家,看见他们一家子进了酒店大门,连忙恭恭敬敬地招呼:"请进!"

　　服务员把袁辰辰一家迎进一间包房,包房很豪华,有里外两间,外加一个卫生间。偌大一张桌上,放着精致的碗筷。

　　"妈,你怎么这么铺张浪费?"阿黎郎不满起来。

　　"孩子,先坐下,听妈妈说。"袁辰辰拉着儿子坐下,"你知道今天是什么日子?"

　　"什么日子?"阿黎郎不明白地问。

　　"你忘了,今天是你的生日!"袁辰辰点明了用意,"所以才准备了这顿晚餐!"

"啊……"阿黎郎这才明白过来,自己真的很糊涂,连生日都忘了,他抱歉地对母亲说:"对不起,是我忘了。谢谢妈妈!"

"你忘了,但妈妈忘不了呀!"袁辰辰慢慢地述说起来,"记得那年生你的时候,也是春天,勐巴拉正逢荒年,你爸爸为了给我多喝点鸡汤,能催奶喂你,跑了好几家亲戚,就是借不到钱,最后只能……"

袁辰辰说不下去了,眼泪在眼眶里转动着。

"最后只能怎么了?"阿黎郎急忙追问道。

"他……"袁辰辰刚想说,高长黎连忙阻止她说:"都过去那么多年了,还提这些干吗!"

"到底怎么了?"阿黎郎一个劲地追问。

"还是告诉他吧,他现在长大了,应该知道!"袁辰辰转身告诉阿黎郎:"你爸爸走投无路,最后只能去卖血!"

"卖血"两字深深刺痛了阿黎郎,他含着眼泪动情地对父母亲说:"谢谢你们含辛茹苦把我养大!如今我长大了,应该帮你们把持家里的一切,过去是我不对,我不应该一走了之,等我在勐巴拉创业成功了,我一定接你们去勐巴拉定居,让你们能过上幸福的晚年!"

袁辰辰见儿子还是没明白自己的心意,于是说:"来,快吃菜吧,菜都快凉了。"

高长黎也对阿黎郎说:"儿子,斟酒!"

阿黎郎应了一声,站起身,斟了满满三杯酒,红红的液体染红了整个酒杯。阿黎郎拿起酒杯恭敬地对父母说:"感谢爸妈的养育之恩,我先干为敬!"说完,扬起脖子一饮而尽。

袁辰辰不断地往儿子的碗里夹菜,心疼地说:"你在外面吃苦了,还是回鲁南吧,让妈妈照顾你,也让一家子团聚!"

"不,我在海滨过得很好,竹影一家对我很好,而且还有她的同学都在帮助我,我相信我的创业计划一定能成功!"

袁辰辰见儿子一点回心转意的意思都没有,心里焦急万分,但是脸上一点都不露声色。她吩咐服务员:"再来一瓶茅台!"

高长黎连忙问:"你不会搞错吧,刚才喝的是威士忌,现在再点茅台,这白酒和红酒混喝,会醉的。待会儿谁把车开回家?"

"我已经吩咐公司的司机，他会来接我们。我们一家子难得一聚，你没听见儿子说，他又要回海滨了。"袁辰辰的话里充满了无奈和伤感。

"妈，别难过，这次我就多待几天吧。"阿黎郎见母亲难过，有点过意不去。

高长黎见服务员已经把酒拿来，就不再说什么，拿起酒瓶，给阿黎郎斟了一杯说："既然是你妈的心意，你就喝了吧。"

阿黎郎已经有点不胜酒力了，但见父亲亲自为自己斟酒，于是站起身对父亲说："谢谢爸爸！"

"孩子，还有你妈的这杯酒呢！"袁辰辰见儿子一杯白酒下去，已经开始摇摇晃晃起来，心疼地想罢手，但是王丽娜的话语又在耳边响起，于是心一横，把酒杯递给儿子。

"妈，我真的喝不了了！"阿黎郎连连摇头推辞道。

"再喝一杯吧。"

阿黎郎勉强地把袁辰辰递来的酒喝了下去，两杯白酒立刻与红酒在阿黎郎的肚子里融化开来，他觉得头昏脑涨。

高长黎见状埋怨妻子说："你知道阿黎郎不善喝酒，干吗把他灌得那么醉！"

袁辰辰说："你赶快去把司机叫来，接我们回去！"

"好吧！"高长黎转身去叫司机了。

袁辰辰见高长黎走远了，悄悄地给苏末儿打了个电话，然后拉起高长黎就走了。

今晚苏末儿特意穿上了袁辰辰送给她的长裙，灯光下五光十色的裙摆发出耀眼的光芒，刺得阿黎郎眼光缭乱。他想睁开眼睛看看清楚眼前是怎样的女孩，但酒精的作用不允许他清醒一点。

"这是基诺族的服装！"恍恍惚惚中，阿黎郎终于看清站在他面前的女孩穿的是基诺族服装。他眼前又浮起当年竹影在勐巴拉时，穿着奶奶亲手缝制的基诺族小裙子跑到河边，把河面当镜子照了又照，还一个劲儿地问："阿黎哥，你看，我穿着好看吗？"

"好看，真像基诺族姑娘！"阿黎郎不觉说出了当年赞美竹影的话。

"真的好看吗？"苏末儿还是第一次被阿黎郎赞美，高兴地在原地转了起来。冷不防一个踉跄，被长裙的裙摆绊了一下，摔了下去。

"哎哟!" 她尖叫了一声。

阿黎郎虽然脑子糊里糊涂,但见她摔了下去,连忙冲上前去扶她。

"竹影,摔痛了没有?"

这下苏末儿清清楚楚听到了,他称呼她为竹影,他以为她是竹影!苏末儿这会儿真的伤心了,想不到努力了半天,她仅仅是竹影的替身!

苏末儿的眼泪掉了下来,哭着叫道:"我就知道你忘不了她!"

阿黎郎见她哭了,举起手想帮她抹去眼泪,但被苏末儿推开了,她哭着说:"不用你管!"可她怎么都推不开他。

"别哭,都是我不好!"阿黎郎把苏末儿紧紧搂在怀里连连道歉,"我再也不会让你受到伤害了,再也不让你哭泣了!

"真的?"苏末儿破涕为笑。

"真的,我发誓!"阿黎郎信誓旦旦。苏末儿挂在脖子上的那股奇特的香味直扑阿黎郎的鼻里,眼前顿时有无数个竹影在晃动,他觉得体内有股强烈的欲望在燃烧。他努力挣扎着想爬到卫生间里去冲凉,清醒一下,但苏末儿拦住了他。苏末儿也被这香味熏得昏昏沉沉的,她有点控制不住自己了,拉着阿黎郎的手,只说了两个字:"别走!"

阿黎郎肚里的酒精浓度此时已充分发挥作用了,他紧紧拉着苏末儿,忍不住说:"别怕!"

苏末儿还没明白是怎么回事,自己的身体已经被阿黎郎紧紧抱住。

四十五、你们放过我吧

　　当他们醒来的时候，天已经蒙蒙亮了。阿黎郎是第一个醒来,他抹了一下眼睛,睁开眼向四周望去。

　　"这是什么地方？"阿黎郎已经完全想不起来昨晚的情景了,他努力地回想,但是头痛得很。

　　就在这时,他恐怖地朝后挪去,原来他发现他身边还躺着一个人,确切地说是一个女孩。"你是谁？怎么会在这里？"

　　阿黎郎的声音终于把这人叫醒了,她转过身,当他们的目光相视时,不约而同地叫了一声:"啊！"

　　阿黎郎这下彻底醒了,躺在他身边的不是别人正是苏末儿!

　　"你？！"阿黎郎惊讶地叫了起来。

　　"你？！"苏末儿的惊讶程度并不比阿黎郎小。

　　"这到底是怎么回事？"阿黎郎责问苏末儿。

　　"我还想问你呢！"苏末儿一肚子委屈。

　　阿黎郎终于想起来了,昨晚他们一家子在饭店用餐,苏末儿怎么会来的呢？

　　"昨晚是你的生日,我是来向你祝贺的！"苏末儿没有说出袁辰辰的电话邀请。

　　"可是……"阿黎郎想说怎么在饭店里躺了一夜。

"后来,我见你喝醉了,就扶你到沙发上躺下,再后来我也不知道了……"苏末儿说到这里,才发现自己的衣服被敞开着,惊恐地叫了一声,"我,你……"话还没说完,连滚带爬地跑到卫生间里去了。

阿黎郎也发现了自己的衣服不整,难道昨晚发生了什么?他拼命问自己。他焦急地等苏末儿出来,急切地问:"昨晚怎么了,我们……没发生什么吧?"

苏末儿"啪"地打了阿黎郎一个耳光,怒吼道:"你自己做了什么,还有脸来问我?"说完就大哭起来。

阿黎郎这才意识到事情的严重性,他慌了,连忙用手堵着苏末儿的嘴说:"别哭,轻点,让人听见了不好!"

"你这会儿知道不好了,昨晚为什么不知道!"苏末儿一边哭,一边骂。

阿黎郎沮丧地坐在地上,他实在想不起来昨晚为什么会这样失控。他对苏末儿一个劲地道歉:"都是我的错,对不起!"

"对不起就算了?你叫我以后怎么做人!"苏末儿当然不罢休。

"可,你叫我怎么办?"阿黎郎手足无措地一下子跪在苏末儿的面前说,"你打我吧,都是我的错!"

就当他们俩不知如何是好的时候,袁辰辰来到了饭店,她昨晚一夜没睡,坐在客厅里等儿子,心里一直忐忑不安,她怕她的计策失灵,但又怕很灵,万一让苏家知道了,怎么向苏家交代。她有点后悔了,于是天一亮就来到饭店。

她一进套房,看见地上坐着两个人,心里就明白了几分。

"儿子,昨晚你一夜没回,到底是怎么回事呀?"袁辰辰装作什么都不知道。

"我……"阿黎郎满脸通红,一句话也说不出来。

"阿姨,你好好教训他,他欺负我!"苏末儿见了袁辰辰,就像见了大救星一样,一边哭,一边闹。

袁辰辰走到苏末儿跟前安慰说:"末儿,我知道你受委屈了,我一定给你一个满意的答复。不过这件事不能声张,否则会影响你们苏家的名声。"说完,她把带来的一套衣服交给苏末儿,"把裙子换了吧!"

袁辰辰见苏末儿换下了长裙,连忙把长裙叠好,放进一个袋子。这一系列动作,那么熟练,那么自然,像是事先准备好的。

阿黎郎有一种预感,今天的事情并非那么简单。他的脑子开始清晰起来,从母亲的谎话把他骗来鲁南,一直到母亲带着衣服到饭店来接苏末儿,这绝不是巧合!

袁辰辰把苏末儿送回家后,阿黎郎在外面走到很晚才回家。他到家的时候,发现父母都坐在沙发上等他。

"你回来了?"袁辰辰问儿子。

阿黎郎什么也没回答,只管往房间里走去。

"站住!"高长黎喝住了儿子,"你给我回来!"

阿黎郎站住了,他知道该来的总会来的。

"你说,你跟苏家的女儿到底是怎么回事?"高长黎大声问道。

"这个问题你去问妈妈,她都看见了!"阿黎郎不愿多说一句话。

高长黎见儿子一副满不在乎的样子,不由得怒火直升,上去就是一个耳光!

"你,你看看你是什么样子……"老实的高长黎说不出话来。

袁辰辰见状,连忙上前拦住说:"好好说,不要动肝火嘛!"她转身又对阿黎郎说:"怎么这么对爸爸说话!"

阿黎郎站住脚步盯着袁辰辰一字一句地说:"我说错了吗?整个事件你最清楚!"

"你……"袁辰辰没想到阿黎郎会说出这样的话才、来。

"说,这到底是怎么回事?"高长黎怒问妻子和儿子。

"我……"袁辰辰不知应该怎么说才好。

"苏末儿哪来的基诺族的服装?不要告诉我是在鲁南买的!为什么拼命地把我灌醉?不要回答是为了给我过生日!"阿黎郎一句句向袁辰辰逼问道。

"我……我这不也是为了这个家嘛!"袁辰辰终于朝着儿子发作起来。

"所以你就把我骗回鲁南,现在这个结局,你满意了?!"阿黎郎说完,走进房间,拎起行李箱就走。

"原来是你……"高长黎知道妻子精明能干,但没想到她竟会给儿子设局。

"你不能就这样一走了之!"袁辰辰看见阿黎郎要走,连忙拦住。

"你们放过我吧!"阿黎郎坚持要走。

"不管你怎么反对,我一定会让你娶苏末儿的!"袁辰辰朝他大声叫道。

"我也再一次申明,我非林竹影不娶!你们就死了这条心吧!"阿黎郎说完,坚定地走了。

四十六、回到海滨

阿黎郎终于回到了海滨,他一下飞机,就打了一个电话给竹影:"竹影,我回来了!"

竹影接到阿黎郎的电话欣喜若狂起来,他这一走去了那么久,没有音信,会不会是他的父亲病得很重? 竹影不由得担心起来。

当阿黎郎踏进小店时,就看见竹影在里面忙碌着,她一看阿黎郎回来了,连忙跳了起来,一把拉着他的手说:"你饿了吧? 快看,我给你准备了什么好吃的? "

阿黎郎被竹影拉到桌子旁,桌上早已放好几盆菜,有阿黎郎最喜欢吃的红烧肉,红的滴油的红烧肉拌着金色的栗子,香喷喷的直扑鼻子;还有韭菜炒鸡蛋,青青的韭菜拌着金黄色的鸡蛋,让人馋涎欲滴。阿黎郎来不及了,一伸手就要去抓。

"哎,不能用手抓,快去洗手! "竹影笑着拉着他去洗手。

"吃了不干不净,不会生病! "阿黎郎躲开竹影,拿起桌上的筷子说,"这可以了吧! "

竹影笑着摇摇头说:"慢点,别噎着,我去端鸡汤! "

阿黎郎狼吞虎咽地吃,他已经好几天没这样吃饭了。竹影坐在一旁高兴地看着他吃。阿黎郎吃了一半的时候,才发现竹影并没吃饭。

"你怎么不吃? "阿黎郎不好意思地停下筷子。

"你也不看看现在几点了？我早吃过了！"竹影不时地拿着毛巾帮他擦去额上的汗珠，微笑着说，"瞧你吃了一头的汗！"

吃罢饭，阿黎郎拉起竹影的手说："吃饱了，这下可以让我好好看看你了！"

竹影笑着说："有什么好看的，才分别了这些日子。"

"告诉我，我不在的日子是不是很想念我呀？"阿黎郎一把搂住竹影轻轻问道，没等竹影回答，就低下头想吻她。

竹影调皮地用手指了指他的嘴说："吃了韭菜，可要注意卫生哦！"笑着跑开了。

"好啊，原来你烧韭菜炒蛋是别有用心呀！"阿黎郎一边追着竹影，一边笑着说，"看我不把你制伏！"

小店里充满了咯咯的笑声，在黑夜里分外响亮。

过了一会儿两人才安静下来，阿黎郎拉住竹影的手说："我有件事跟你商量。"

"什么事？"竹影见阿黎郎的脸色凝重起来，于是问，"是不是你父亲的病很重？"

"他没事。"他不想再提被骗回鲁南的事，一路上他想了很多，不知怎么跟竹影说那个难堪的鲁南之夜，竹影是那么的纯洁和善良，如果她知道了，肯定受不了。于是他换了一个话题说："我想早点回勐巴拉去创业，实现我儿时的梦想！"

"干吗这么急，我还有两个多月就要毕业了，到时候我们一起走！"竹影不解地问。

"我怕……"阿黎郎想说怕苏家再来闹，这次恐怕不只是苏家，连自己的父母都会来海滨找他算账，如果他再在海滨待下去，会给竹影，甚至林家带来不可想象的困扰。他想到这里，婉转地对竹影说："好竹影，不管发生了什么，你都要相信我！"

竹影是何等聪明的女孩，她从阿黎郎欲言又止的神情中猜出了八九分，轻轻问："是不是这次回鲁南，苏家又给你什么压力了？"

"我没见她的父母。"阿黎郎连苏末儿的名字都不愿提，那个难堪的夜晚深深地刺痛了他的心。

"苏伯伯还是比较通情达理的，其实你有事可以同他商量。"竹影提醒他。

是呀，他怎么忘了？阿黎郎拍了下脑袋。

"竹影，我不能再让你受到伤害了，所以我一定要回勐巴拉去！"阿黎郎把

自己的担心说出来。

竹影不禁怔住了，呆呆地看着阿黎郎，心里有种不祥的预兆，阿黎郎大概有什么事瞒着自己。但他不说，她是绝不会开口问的。她对阿黎郎说："不管你作出什么决定，我都会支持你！"

"竹影，你真好！"阿黎郎紧紧搂住竹影，热泪忍不住地流了出来，他呜咽着说："我先去勐巴拉，你在这里把毕业的事都完成后，就来勐巴拉，我在勐巴拉等你！"

一个月后，阿黎郎走了，他独自一人去了勐巴拉，从此再没回海滨，这自然是后话了。

四十七、意外怀孕

可就在阿黎郎走后不久，鲁南苏家发生了一件惊天动地的大事。自从阿黎郎离开鲁南后，苏末儿每天都去迪吧，她疯狂地学跳舞，已经到了不可理喻的地步。她知道阿黎郎很反感她去这种地方，所以她在心里有种渴望，希望他能像以前一样把她从迪吧里拽回来。

于是她就一直这样跳，跳……终于有一天，她觉得头一阵狂晕，她慢慢倒下了，就在她倒地的那一刻，一股鲜血从她的裤腿里渗了出来……

苏末儿昏过去了，迪吧里一片哗然。不一会儿，一辆救护车把苏末儿送到医院。

王丽娜是在会议室里被秦秘书叫出来的："董事长，小姐出事了。"然后低声在王丽娜的耳边说了几句，王丽娜顿时勃然变色。

王丽娜一进医院就直奔医生办公室，急声问医生："医生，我女儿到底得了什么病？"

"你就是她母亲？"医生责怪地问，"你这个母亲怎么当的，你女儿怀孕了，还在迪吧里拼命跳舞，现在有先兆性流产的可能！"

"什么？末儿怀孕了？怎么可能？"王丽娜就像被当头一棒！彻底懵了。她发疯地朝病房里飞奔而去，秦秘书紧紧跟在后面。

苏末儿静静躺在病床上，脸色苍白，昏昏沉沉睡着。

"末儿，你怎么了？"王丽娜心痛地在苏末儿的耳边叫着。

苏末儿慢慢地睁开了眼睛，一看是母亲来了，不觉声泪俱下："妈妈……"

"孩子，你到底是怎么回事？"王丽娜抱住女儿也痛哭起来。

苏末儿突然想起刚才医生对她说的："你怀孕了，有流产的可能，你丈夫呢？"

"丈夫？我哪来的丈夫！"这时的苏末儿连死的心都有了。

"孩子，告诉我，他是谁？"王丽娜恨得牙痒痒。

"他……"苏末儿说不出口。

"到底是谁？"王丽娜厉声地问。

"是高黎鹏！"苏末儿只能说出那晚的事。

"去把他叫来！"王丽娜大声吩咐秦秘书道。

"他回海滨了！"秦秘书早就知道阿黎郎的行踪。

"怎么？这么不负责任？把他母亲叫来！"王丽娜愤怒地说，"哼，跑得了和尚，跑不了庙！"

袁辰辰闻讯惊慌失措地赶到医院，她不知事情会发展到这样严重的地步，心里一个劲地说："完了，完了！"

她一到医院，王丽娜见到袁辰辰劈头盖脸地问："你睁开眼瞧瞧，你那个好儿子做得好事，把我家的末儿害成这样，我要去告他！"

"对不起，是我儿子不对！真的对不起！"袁辰辰的头像鸡啄米一样，恨不得跪下向王丽娜磕头求拜。

"秦秘书，你打个国外长途，把苏总叫回来。还有把我的律师也请来。"秦秘书应了一声转身就走了。

王丽娜大声对袁辰辰说："我告诉你，如果你那个儿子再不回来处理这件

事,我绝不会放过他,立刻去法庭告他!"

袁辰辰哪见过这种场面,早已吓得脸色发白,连说话都说不全了:"我,我一定把儿子找回来……"

就在这时,一个身穿白大褂的医生走了过来问:"谁是家属?"

王丽娜急忙问:"我是她母亲,什么事?"

"到医生办公室来一趟!"

王丽娜连忙应了一声,跟着这位医生就走,双腿竟发起软来,怎么走都走不快。袁辰辰见情况不妙,悄悄地跟在后面。

还没跨进办公室的门,王丽娜就焦急地问:"医生,是不是我女儿的情况有什么问题?"

医生转身严肃地告诉王丽娜:"经过我们检查,你女儿患有卵巢囊肿。现在病人有流产的可能,现在你们是想保住孩子,还是不保?"

"保怎样,不保又怎样?"王丽娜脑子一片空白。

"先兆性流产,必须进行刮宫处理,对囊肿肯定有影响,万一发生囊肿扭转和破裂,以后很难再怀孕了!"医生的话像电流一样击中了在场的每一个人,四周一片寂静。

王丽娜狠狠地瞪着袁辰辰,恨不得把她们母子俩一口吞下去。

袁辰辰害怕地连连朝后退去,急急巴巴地说:"保,当然保!"

"好吧,既然你们决定保住孩子,我们尽力吧!"医生走了。

袁辰辰几乎是连滚带爬地回到家,路上她就打了好几个电话给儿子,但儿子一看是母亲打来的电话,马上就按掉了,自从上次被骗回鲁南后,他已经很怕接母亲的电话了。

袁辰辰急疯了,在屋里一边摔东西,一边嚎哭起来。

"阿黎郎,你可把我害苦了!"袁辰辰朝高长黎吼着:"你就知道干坐着,你也不管管你儿子,他如今闯下了那么大的祸,你让我怎么办?"

老实巴交的高长黎见妻子急成这样,也不知怎么办好。本来就不会说话的他,这会儿只知道在地上捡袁辰辰扔出的东西,她扔一件,他捡一件。她扔一样,他捡一样……

突然他在袁辰辰扔出来的东西,发现了一个包裹,里面露出几个香袋,他拿起仔细看着。

"这是什么？这香味怎么那么熟悉？"他想起来了，还是他在勐巴拉时，常听老人们说，勐巴拉生产一种迷香，古时候被作为一种贡品进贡给皇宫，被后宫的嫔妃们视为珍品，为的是能得到皇上的宠爱。当地人一般在新郎和新娘结婚时放在洞房里，祝贺新婚夫妇能早生贵子。

可是家里怎么会有这东西？

"这迷香是不是你从勐巴拉带来的？你要它干什么？"高长黎捧着香袋问袁辰辰。

袁辰辰真是扔昏头了，一时没看清楚，还在那里发飙。

"我问你，这迷香你是用来干什么的？"高长黎忽然恍然大悟，他指着香袋说，"是不是你给阿黎郎挂上了，难怪那天他会失控！"

"我……"袁辰辰这才清醒，但太晚了，刚想解释什么，高长黎上前狠狠打了她一记耳光，这是他们结婚几十年来，他第一次打妻子！

"你这个不要脸的女人，亏你想得出这个法子，你坑了你儿子，还害了苏家的女儿！"高长黎发狠地说，"现在怎么办，你自己去处理，你这是自食其果！"

四十八、不速之客

袁辰辰找不到阿黎郎，只能奔海滨而来。她一到海滨就直奔敬老院，她知道高家有个表姑是海滨大学医学院的教授，去找她，一定能打听到阿黎郎的住处。

当她走进敬老院时，李老师惊讶地望着这个平时素无往来的远亲，不过很快就明白了眼前这位不速之客肯定是有急事求她，否则像这么精明的女人绝不

可能来海滨看望她这个老太婆的。

"什么风把你从大老远吹来！"李老师还没等袁辰辰开口就问道。

"呵呵"，这么多年来练就的本事，袁辰辰遇人未开口便笑，"其实我一直想来看望你，但苦于忙碌，表姑，你看，这是我从鲁南带来的特产，你尝尝！"

袁辰辰笑着拿出一大包礼物递给李老师，李老师轻轻推开礼物说："说吧，找我有什么事？"

"表姑，什么都瞒不住你的眼睛！"袁辰辰尴尬地说，"我是来找阿黎郎的。"

"我就知道你是无事不登三宝殿！"

袁辰辰叹了口气说："我这也是没办法呀！我打他的手机，可他不接，所以只能来海滨找他了。"

"什么事？要你亲自来海滨找他？"李老师不解地问。

"这个……"袁辰辰不知怎么说好。

李老师望着袁辰辰说："他早已去勐巴拉了。"

"什么？他去勐巴拉了？"袁辰辰见扑了个空，绝望极了。

她愣了许久，无奈地问："我能不能见见林竹影？"

"你想找竹影？！"李老师看着袁辰辰问道。

"是呀，我知道这个忙只有请表姑出面帮了。"袁辰辰千恩万谢。

李老师叹了口气，打了个电话给竹影。

竹影接到李老师的电话就急急忙忙地赶来了，李老师平时从来不麻烦她的，这次主动打电话给她，一定是有什么急事，莫不是李老师生病了？

海滨是个沿海城市，属于海洋性气候，刚才还是多云的天气，可一转眼就阴了下来。竹影可顾不上那么多，来不及拿雨伞，只顾往敬老院去。

竹影一进门，看见李老师坐在床上，连忙上前问道："李老师，您哪里不舒服？我这就陪你去医院！"

李老师一看竹影来了，抱歉地说："我没病，今天找你来是有事。"

于是她拉着竹影走到袁辰辰的面前，指着袁辰辰说："我来给你介绍一下，这就是阿黎郎的母亲！"

阿黎郎的母亲？她怎么来海滨了？竹影望着眼前这个陌生的女人，一时不知说什么好。

"竹影，都长这么大了？"袁辰辰是个何等精明的女人，她仔细打量眼前这位女孩,不但漂亮,而且大方得体,是几个苏末儿加在一起都比不上的,难怪阿黎郎这么喜欢她!

"竹影,你们谈吧,我出去有点事。"李老师转身把门关上了。

"阿姨,你有事找我?"竹影见阿黎郎的母亲亲自来找她,知道事情远要比自己想象得要严重。

"孩子,来,坐。"袁辰辰努力做出亲切的样子,拉着竹影手的说,"我这次来海滨是想和你谈谈阿黎郎的事。"

"阿黎郎怎么了?"

"不知你听过阿黎郎说过吗,他在高中时就认识了苏末儿,他们一直相处得很好……"

"我知道,我是听苏末儿说的。"

"你认识苏末儿?"袁辰辰感到很奇怪,不知竹影还知道些什么?她觉得不能小看了眼前的这位女孩。

袁辰辰婉转地说:"竹影,我知道你是个好姑娘,你知道吗,我们家的事业能发展到现在是多么不容易呀,倾注了我和他父亲的全部心血。阿黎郎是我家的独子,我希望他能继承我们的事业,并发扬光大!"

"这些我都知道。"

既然竹影都知道,就不如跟她直说了吧。袁辰辰硬着头皮说下去:"事到如今,我也不瞒你了。苏末儿怀孕了!"

"什么?苏末儿怀孕了?"竹影惊得张大了嘴,"是谁的孩子?"

"当然是阿黎郎的孩子!"袁辰辰肯定地回答。

袁辰辰的一声"是阿黎郎的孩子!"像一声炸雷,竹影觉得一阵天旋地转,她的眼前出现了无数个阿黎郎的身影:儿时的阿黎郎、勐巴拉演出的阿黎郎、来海滨开店的阿黎郎、敬老院深情歌唱的阿黎郎……阿黎郎的信誓旦旦好像还在昨天,竹影无论如何不相信袁辰辰说的这一切是真的!

"这些阿黎郎知道吗?"竹影无力地问。

"不知道,他离开鲁南后,再没与家里联系过。"

"为什么不告诉他,而来跟我说这一切!"竹影终于愤怒了。

"我不知多少次叫他回鲁南,可他就是不肯回来。现在连电话都不接了。"袁辰辰无奈地央求道,"所以我只能来求你,因为他只听你的话!"

"既然苏末儿已经怀了他的孩子,这是他们俩应该面对的事,怎么办也应该是他们去决定,凭什么来求我?!"

"他们的事我也不清楚,年轻人嘛一时头脑发热也是有的,毕竟他们从高中一直相处到大学,还是有感情的嘛!"

竹影的脸色开始发白,她不得不承认袁辰辰说的是事实,阿黎郎和苏末儿毕竟相处七八年了,不能不说一点感情都没有吧。

"苏末儿已经怀了阿黎郎的孩子,按照我们家乡的规矩,阿黎郎必须娶她!再说,苏家已经投入了那么多资金,如果阿黎郎反悔,苏家肯定不罢休,抽走全部资金怎么办?"袁辰辰终于说出心里最担心的话,"好孩子,你就劝劝阿黎郎吧!就算阿姨求你了!"

竹影心里很明白:说什么劝劝阿黎郎,分明是让她退出!

"不管怎么说,这是阿黎郎自己做的事,他必须自己面对,也必须自己承担!"竹影气愤地扭头就走。

"竹影……"袁辰辰拼命地叫着。

院子外一阵狂风吹起满园的树叶乱飞,一场大雨终于滂沱而下。竹影不顾一切朝着风雨冲了出去。

四十九、竹影病了

初夏的海滨，雷雨已不是什么新鲜事了，但是这场雷雨是入夏以来少见的一场大雨，天空中电闪雷鸣，大雨一阵紧一阵、一阵密一阵。马路上的行人早已不知躲到哪里去了，只有雨水无情地冲刷着街上每一个角落。

竹影在风雨中狂奔，冰冷的雨水不断冲击着她的身体，泪水止不住地在她脸颊上流着，已分不清什么是雨水，什么是泪水。她只感到有种痛从心底发出来，向浑身扩展开来，她无助地伸出双手去想抓住什么，可是抓住的却是既模糊而又清晰的回忆。

阿黎郎母亲……苏末儿怀孕……孩子……所有这一切像雷电、又像风雨向竹影扑来，她想躲没处躲，她想挡没法挡，渐渐地眼睛一黑，她晕了过去。

当她醒来时，她已经躺在医院的病床上了。叶蕴涵正焦急地在一旁守护着她，而林致远也在屋里不安地走来走去，这时看到竹影微微睁开的眼睛，连忙对妻子说："蕴涵，你看，竹影醒了！"

"孩子，你醒了？"叶蕴涵轻声问道。

"妈、爸，这是哪儿呀？"竹影无力地望了一下父母，又垂下了眼皮。

"孩子，别睡过去！"叶蕴涵焦急地在呼喊着，做医生的直觉告诉她，好不容易把女儿抢救过来，再昏过去就麻烦了。

这时走进来一位男医生和一位护士，他们跟叶蕴涵交谈了几句，又给竹影测试了一下体温，然后朝林蕴涵使了一下眼色，就出去了。林蕴涵会意地点了

点头，于是也跟了出去。

到了门外，医生对叶蕴涵说："叶主任，你女儿的烧退了，但是情绪还是很不稳定，最好不要再刺激她，让她好好休息。"

叶蕴涵点点头，沉思着。

其实叶蕴涵心里比谁都明白，竹影这次的病来势这么凶猛，与那个阿黎郎有着密切的联系。这时手机响了，是李老师打来的："竹影这孩子怎么了？"

"淋了雨，本来体质就差，这下变成了肺炎，幸好现在高烧已退了。"叶蕴涵简单把竹影的病情介绍了一下。

"哎！都是我不好，那个袁辰辰要见竹影，我就应该拦住的，可我……"李老师真是把肠子都悔青了。

"袁辰辰？"叶蕴涵不解地问道，"哪个袁辰辰？"

"就是阿黎郎的母亲！"李老师把袁辰辰来敬老院的经过一五一十告诉了叶蕴涵。

听了李老师的讲述，叶蕴涵这才知道事情的严重性，但还是安慰李老师说："您别急，孩子们的事还是让他们自己解决吧。"

就在竹影躺在医院的时候，薛亮从管理系的系主任丁教授那儿得知竹影生病的消息。

薛亮已经好几天没见到竹影了，正当他万般无奈时，丁教授来找薛亮了。

"薛亮，你把这份出国资料交给林竹影，她已经好几天没来学校了！"丁教授知道薛亮和林竹影都是学生会的干部，平时来往比较多，一定肯帮这个忙。

"出国资料？"薛亮疑惑地问，"她不是放弃出国留学了吗？"

"谁说她放弃了？这是她爸爸这几天托我的，林竹影生病住院了，本来想让何子骞和韩梦露送去的，想不到他们俩去厦门探亲了。"丁教授解释道。

"什么？竹影病了？"薛亮大吃一惊！

"你还不知道！"这会儿轮到丁教授吃惊了，在他的眼里，薛亮和林竹影是天造地设的一对，他一直看好他们，怎么林竹影病了这等大事，薛亮竟然不知道？

"什么时候病的？在哪家医院？"薛亮焦急地询问。

"就在她妈妈的那家医院，她这次病得可不轻呢！"丁教授的话还没说完，只见薛亮拿起资料就一下子跑得不见人影了。

薛亮一进医院大门，就看见林教授和叶蕴涵在走廊里交谈，为了不影响他们的谈话，薛亮没和他们打招呼，只是轻轻侧身而过。

　　"蕴涵，看样子，这次竹影是受了很大的刺激，否则病不会这么重！"林致远担忧地看着妻子说。

　　刚好路过的薛亮一惊，不由得放慢了脚步。

　　"刚才李老师来过电话了。"叶蕴涵轻声对林致远说道，"她告诉我阿黎郎的母亲来海滨了，她找过竹影。"

　　"阿黎郎的母亲来了？"林致远惊讶地问。

　　叶蕴涵把李老师的话大致说了一遍。

　　"什么？苏末儿怀孕了？"林致远简直不相信自己的耳朵。

　　"你还记得当年纳西姥姥为什么一定要竹影离开勐巴拉吗？"叶蕴涵叹了口气说，"看来纳西姥姥担心的事终于发生了。"

　　林致远当然记得，纳西姥姥告诉他们，阿黎郎的母亲来自四川一家农户，当年她随父亲从四川来勐巴拉跑单帮，看中了忠厚老实的基诺族小伙子高长黎，于是就在勐巴拉留了下来，不久高家店铺的当家人就变成了这位年轻漂亮的女主人了。她的精明是古镇上有名的，阿黎郎是她的独生子，她在他身上寄托了太多的期望，不是谁都能做她们家的媳妇。

　　"我曾经劝过竹影，但她被阿黎郎的真情感染，一头栽了进去……"叶蕴涵连连摇头说。

　　"真是没想到呀。"林致远无比感慨地说，"以前我一直认为孩子们的事让他们自己去处理，但没想到有人在这里掺杂了太多的功利和私欲！"

　　"是呀，只是把我们竹影害苦了！"叶蕴涵不由得流下泪来。

　　林致远亦心疼地在走廊里踱来踱去……

　　薛亮霎时什么都明白了！他轻轻地推开病房的门，只见竹影迷迷糊糊躺在病床上，瘦瘦的手背上插着针管，屋子里静静的，架子上的盐水一滴滴地往下流。

　　"竹影……"薛亮轻声呼唤着竹影的名字，但是眼前的竹影是那么安静地躺着，就像她平时坐在自修教室里一样安静。

　　竹影明显得瘦了，清秀的脸上分明挂着忧郁和伤痛，他心疼地拉起竹影的手轻轻贴在自己的脸上说："早知道你会受这么大的委屈，我就不该退缩，我

真该死！"说完，痛苦地低下头，任凭一串串热泪滚滚流在竹影的手上，滴在床单上。

这时，一双大手轻轻扶着他的肩头，薛亮抬头一看，原来是林致远。他赶忙抹了一下眼泪，不好意思地叫了声："林教授！"刚想站起来，林致远按住了他说："孩子，别自责了，这是她自己的选择，好好跟她聊聊，你们毕竟同学四年，你是了解她的。"

"林教授您放心吧，我一定好好跟竹影谈谈。"薛亮坚定地说，"这次我再也不会退缩了！"

林致远点点头，然后转身出去了。

五十、苏家的争执

几天后，竹影出院了，薛亮特意赶去医院接她，在医院大门口遇到了林致远。

"林教授，我来接竹影出院。"薛亮微笑地朝林致远打招呼道，林致远从他充满自信的笑容上，猜想这几天他与竹影谈得不错，听蕴涵说，病房里常常传出薛亮的笛子声，而竹影的脸上也露出了难得的笑容。

叶蕴涵见女儿一天天好起来，原本悬起的心慢慢地放下来。今天女儿出院，她特意向医院请了假，这会儿正在帮竹影整理衣物。

"妈妈，你还是去上班吧，我这里有爸爸呢，再说薛亮也来接我。"竹影笑了笑说，"我的病好了，真的没事了！"

"孩子,以前妈妈总是忙于工作,把你忽略了,这次也是给妈妈一个补偿的机会,我已经准备了好多菜,回家我下厨,让你好好美餐一顿!"叶蕴涵疼爱地望着竹影说。

"妈妈,你真好!"竹影撒娇似的扑在叶蕴涵的怀里。

"竹影,就让妈妈一起送你回家吧。有时给别人一个机会,也是给自己一个机会,这不还有一顿美餐等着你呢!"林致远意味深长地看着竹影和薛亮说。

薛亮的脸顿时红了。竹影不由得一愣,侧过身望着爸爸细细体会这弦外之音。这些日子,她曾一度伤痛欲绝,想了很多,也想了很远。但她毕竟是个聪慧的女孩,终于想明白,自己其实是个幸运的女孩,同时遇上了阿黎郎和薛亮这两个优秀的男孩,如果说阿黎郎的爱是火热的,那么薛亮的爱是平淡的。火热的爱固然让人动心,而平淡的爱只是静静等待,无论时间是否冲淡了一切,他的心却一直在他原来的位置,以他的方式和速度执著地跳动着……

看来她是到了该下决心的时候了,她上前轻声对薛亮说:"谢谢你这些天的陪伴,不,应该是这四年来的陪伴!我曾经给你起了个'对不起'的绰号,其实真正对不起的人应该是我!"

"不!"薛亮再也忍不住了,热泪一下子流了出来,一把搂过竹影说,"不许你说对不起,无论今后有多少风雨,记得一定要让我和你一起面对!"

林致远和叶蕴涵看到这一幕,互相会心地笑了,他们的女儿真正从阴影中走出来了。

就在竹影一家和和美美在家里用餐时,鲁南苏末儿的家这会儿正闹得天翻地覆。

苏博超是被妻子特意从澳洲叫回家来的,一进家门,就看见王丽娜坐在沙发上一把泪水,一把鼻涕,全没了平时董事长的风度。发生了什么事?苏博超觉得很奇怪,因为在鲁南几乎没有谁敢欺负这位王董事长的,他跟她相处了那么久,还没见过她抹眼泪过。

"怎么了?"苏博超坐到妻子旁问。

"你去问你那个好女儿!"

又是苏末儿!他的这个女儿永远是他最头痛的,但还是硬着头皮问道:"苏末儿又怎么了?"

"还不是与那个高黎鹏……"王丽娜不知怎么跟丈夫说,怕他发火,但不说

出此事她又该怎么办？因为这事根本就瞒不下去，于是心一横把苏末儿怀孕的事告诉了苏博超。

苏博超一听整个人都呆了，以前他只知道女儿从小骄横惯了，想要什么，就有什么，处处满足她，处处依着她，但没想到她竟会怀孕。

"那个高黎鹏呢？！"苏博超大声地问道。

"几个月前就去勐巴拉了，他的心根本不在鲁南，这还用我说，你心里应该明白！"王丽娜说起阿黎郎就生气，恨不得把他抓回来狠狠揍一顿！

"我不知劝了你们多少回了，他爱的是林竹影！可你们为什么就不明白？"苏博超朝王丽娜吼了起来。

这时苏末儿一边哭，一边从自己房间里走出来说："可我爱他！"

王丽娜见女儿哭成这样，心疼地说："不管怎么说，一定要把这小子拽回来，太不负责任了！"

苏博超指着王丽娜责问："难道你就没责任？不是你用金钱去威胁利诱，高家会做出这等事来？"

他转身又对女儿说："你现在知道哭了，来不及了！"苏博超从来没这样厉声对待女儿过，"我跟你说了多少回，爱情是两厢情愿的事，不是用金钱可以买来的！"

"博超，我们还是好好商量吧，不管怎么说，我们都不能让自己的女儿吃亏呀！"

"怎么商量？是求高家来娶我们的女儿？还是劝高黎鹏放弃林竹影？这事是我们被动呀！"

王丽娜不得不承认丈夫都说到点子上了，这也是她最无奈的，她恨透了高黎鹏！"你跟林致远商量一下吧，能不能劝劝她女儿？听说她病了。"王丽娜觉得眼前已无路可走了，只能试试林家这条路了。

"你想叫林竹影放弃？这个办法亏你想得出来！"苏博超实在忍不住了，朝妻子大声说道，"当年你欺负了叶子还嫌不够，如今还想欺负她的女儿？"

"我怎么欺负叶蕴涵了？"王丽娜有点心虚。

"我问你，那时我在国外托你带给叶子的信件，你给她了吗？"

"给了！"

"你给她的信都是你篡改过的！"苏博超愤怒地说出憋了很多年的怨愤，

"别以为你很聪明,别以为我什么都不知道!正是你的那些假信,叶子才跟我分手的!"

"是不是她告诉你的?"王丽娜见伤疤被揭露出来,但还死硬到底。

"她才不像你,是你自己说的!"苏博超一下子打开王丽娜书桌,指着厚厚几本日记本说,"这些是不是你亲手写的!"

王丽娜这下真的傻眼了,她没想到一贯顺从她的丈夫原来早已偷看过她的日记了,而且对她也早已了如指掌了。她大哭起来:"好你个苏博超,你竟然偷看我的日记!你是不是后悔了,是不是还想着那个老情人?"

"我是后悔过,但这世上什么药都能买到,就是没有后悔药!我是还想着叶子,但她现在过得很幸福!我不可能去破坏她的幸福,你知道这是为什么吗?因为我视她的幸福为我的幸福!"

苏博超的话给了王丽娜当头一棒!她一直以为这么多年过去了,苏博超会忘记过去的一切,原来在他的心里永远有一块属于叶子的地方。她一直以为把他支配到国外去,他会离叶蕴涵远远的,原来他逃避的不是叶蕴涵,而是她自己!

苏博超拿起电话对秦秘书说:"今后不许再给高家任何的投资、贷款或担保!如果有谁被我发现,就立刻滚蛋!"

他转身又对王丽娜高声说:"还有你,如果还坚持这样以金钱换取爱情和婚姻,我就立刻与你离婚!"

苏博超走到对苏末儿身边说:"明天,我们陪你去医院把孩子拿掉!然后我送你去国外治病,从此与高家一刀两断!"

"为什么?"苏末儿伤心地大哭起来,"这是我们爱情的结晶!"

"这不是爱情的结晶,是阴谋!"苏博超终于说出了这样残酷的话。

"不!我不信!"苏末儿大哭起来。

"我不止一次地警告过你,夺人之爱并不能得人之心呀,这么简单的道理你怎么就不懂呢?你这样做既伤害了自己,也伤害了林竹影!"

苏博超说到林竹影,心想她现在还不知伤心成怎样了?叶子一定很难过吧?于是拿起电话打给远在海滨市的林致远。

这时,林家电话铃声响了,林致远接过电话,想不到对方传来苏博超的声音:"致远,听说竹影病了?"

"哦,是博超呀!"林致远感到意外,远在鲁南的苏博超怎么知道竹影病

了，会不会是妻子告诉他的。林致远朝在厨房的叶蕴涵看了一眼。

刚到厨房洗碗的叶蕴涵闻声停了下来，她知道苏博超平时一般不会打电话给他们的，除非是……想到这里，她不由得紧张起来，这里好不容易平静下来，不会又有什么事吧。

电话那头的苏博超不知怎么开口对老同学说，只是苦笑地说："我也是听丽娜说的，这个你是知道的，她是什么事都能打听到的。"

林致远一听默然无语，他不知道这些年来他的这位老同学是怎么熬过来的。

苏博超接着又婉转地说："孩子们的事，你大概也知道了吧。哎，这个家简直就乱了套了。我不想我的孩子重蹈我的覆辙，不管怎么说，明天我们陪她去医院把孩子拿掉！"

"什么？把孩子拿掉？"林致远惊得差点把手中的茶杯掉在地上。正在厨房里的叶蕴涵听到林致远这么说，紧张得连忙放下碗筷走到电话机旁。

竹影和薛亮听了也惊呆了。

"对！这是我的决定！至于这件事造成对竹影的伤害，我只能在这里说声抱歉！"苏博超在电话里诚恳地说。

"这……"林致远一句话也说不出来，他深知这位老同学的品行，知书达理、睿智超人，王丽娜就是看中了他这点，硬是把他抢到手。事实证明苏博超进入王家后如鱼得水，把王家的事业搞得一帆风顺，但在感情上对王丽娜一直有所保留，林致远深知这点，只是在妻子叶蕴涵面前，他一直装糊涂罢了。

如今苏博超说出这番话，让林致远不知说什么好，只问了一句："你跟你太太商量好了？"

"不管她同意还是不同意，我不能让她再做出伤害下一代的事来！"苏博超的口气很坚决。

就在林致远犹豫不决的时候，竹影走过来对林致远说："爸爸，能不能让我跟苏伯伯说几句？"林致远点点头把话筒交给竹影。

竹影接过电话筒说："苏伯伯，我是竹影。"

"原来是竹影呀，你病好了吗？苏伯伯担心你呢！"苏博超十分内疚地说，"你跟你妈妈一样善良，你有什么委屈尽管跟苏伯伯说！"

"我真的没什么委屈。您别责怪苏末儿，爱一个人并没有错，她毕竟跟高黎鹏相处了那么久，她是爱他的。您也别责怪高黎鹏，我了解他，他不但善良，而且很有志气。现在他还不知道这件事，但我相信他一定会负起这个责任来！"

正在气头上的苏博超被竹影这么一提醒，脑子清醒多了，竹影说得对呀，不管高黎鹏的母亲做了什么，但他确实是个有志气的好孩子，上次来苏家，他已经很清楚地表明了自己的态度。可眼下的事情怎么办呢？

"苏伯伯，我会去勐巴拉劝高黎鹏，会把我和他的感情来个了断！"

"竹影，你真是个好孩子！"苏博超听到这里不由得眼泪在眼眶里晃动，多好的女孩呀，就像当年的叶子一样，一心就替别人着想。

"苏伯伯，您放心吧，我好着呢！妈妈从小教育我，一个人只要心中充满了爱，一定会得到幸福！我将来一定会幸福的，像我妈妈一样！"

是呀，心中充满爱的女孩一定会得到幸福！难怪林致远会对他说："谢谢你当年把这么好的女孩让给了我，这是我一生的幸福！"

林致远接过电话对苏博超说："博超，竹影说得不错。高黎鹏是个好孩子，他聪明能干，做事认真负责。这事就让孩子们自己去处理吧！"

苏博超喃喃地对林致远说道："我能不能和叶子说句话？"

"可以。"林致远把话筒递给了叶蕴涵。

"博超，请说吧。"还是当年的叶蕴涵，还是当年的口气，那么温和，那么善解人意。

"叶子，谢谢你的宽容，也谢谢你那位心里充满爱的女儿！我这辈子都无法偿还对你们母女俩的亏欠！"
挂完电话，苏博超已泪流满面，想不到二十几年前他深深伤害了叶子，二十几年后他又深深伤害了她的女儿。

林竹影终于放弃了，但王丽娜一点都高兴不起来，她感到从来没有这么失败过，她似乎在女儿的身上看到了自己的影子，她不得不承认自己输了，而且是输得那么彻底！

五十一、再次来到勐巴拉

机场上，乘风而起的航班，坐着一个勐巴拉的过客，她透过云层，映在她眼里的还是那个给扯着风筝的男孩，他叫她"小风筝"，她叫他"小野马"。

她就是竹影！她又一次来勐巴拉。

临来勐巴拉时，叶蕴涵想陪竹影一起来，但竹影坚持不肯，她认为自己的事一定要自己来解决。叶蕴涵深知竹影的脾气，她外表柔弱，但内心坚强。但叶蕴涵还是悄悄地告诉了薛亮，让他订了下一班飞机。

夏天又回来了，这座被阴雨笼罩了好久的小镇，终于不再支离破碎。竹影踏在勐巴拉的小路上，好久没有的感觉就像阳光透过皮肤一直晒进心里。

呈现在竹影眼前是既熟悉而又陌生的街道，这次她来勐巴拉事先没通知阿黎郎，前面不远就是阿黎郎的家，还是原址，看得出在装修，小店的外墙被粉刷一新，店铺上方招牌的位子空着，看样子还没挂上去。

竹影呆呆站在小店门口，迟迟没有进去，阳光射在竹影的连衣裙上，微风里飘舞的发丝闪着金光。

这时，门"吱呀"开了，出来一个穿着背心的小伙子。这不是别人，正是阿黎郎，他只顾低头干活，没注意店门前站着一个人。

阿黎郎快步走到院子的左边，这里堆放了一大堆木料，他拿起一根长长的木料，就要扛在肩上，只觉得肩上分量很轻，正在奇怪中，回头一看，不由得"啊"了一声。

后面是竹影正帮他扛起木料的另一头！

阿黎郎连忙要把木料放下，竹影朝他摇摇手，示意他往屋里去。两人进屋后，才把肩上扛着的木料放下来。

"你什么时候来勐巴拉的？怎么不通知我？"阿黎郎既高兴又埋怨道，"是不是想给我个惊喜？"阿黎郎说完，一下子把竹影抱起来转了又转。

"放下，快放下！"竹影忍不住笑了。

"你总是这样让人措手不及！"阿黎郎把竹影放下，指着她的鼻子说。

"你总是让人不放心！"竹影笑着拿开了他的手。

"你还是用老眼光看我！"阿黎郎不服气地说。

竹影指着墙角的木料说："你看看，这么多活怎么不请人帮忙？"

"我这不是节省成本吗。"阿黎郎握了握手中的拳头说，"不用担心，我健壮着呢！"

"你看手上都起血泡了，还嘴硬！"竹影心疼地拿起阿黎郎的手说，"来，别动，我帮你包扎一下。"

阿黎郎从小苦惯了，这点血泡根本不算什么，可他还是乖乖地伸出手去，让竹影包扎。他知道竹影的脾气，再说他也很想享受这种被人疼爱的感觉，他觉得很温暖。

竹影打开随身带的背包，拿出一瓶药水和纱布，这一切都是跟她那位当医生的妈妈学的，出门常带个小药箱，方便自己也方便他人。

她取出一根小银针，用酒精消毒后，轻轻把阿黎郎手掌上的血泡挑破。她抬头看到阿黎郎皱了皱眉头，于是微笑地安慰说："有点痛，忍着点，马上就好！"边说边用棉签蘸上药水一层层涂在阿黎郎的手上。

"快坐下，跟我说说，你这一路上是怎么来的？为什么不告诉我？"阿黎郎包扎好双手就忙不迭地拉着竹影坐下，他太想知道一切了。

"瞧你急的，哪来那么多为什么？因为这是大学最后一个暑假了，所以再来一次勐巴拉！"竹影笑了笑了淡淡地说。

"就这么简单？"阿黎郎不信地问道。

"是呀，就这么简单！"竹影有点言不由衷，但还是肯定地点点头。

阿黎郎拿了一瓶矿泉水递给竹影，笑着说："你看，我这里刚刚在装修，什么都没有，只能喝这个了。"

竹影接过矿泉水，打开就喝，一路走来，她真的有点渴了。喝完，抹了一下嘴说："渴了，喝什么都好呀！"

"呵呵，等这里装修好了，我一定煮一壶咖啡给你喝！"

"哦，你也会煮咖啡？"

"不会可以学嘛，而且我一定要学会煮爱尔兰咖啡！"

"你还记得爱尔兰咖啡？"

"当然记得，一辈子都不会忘记！"

望着阿黎郎坚定的眼神，竹影无语了。

阿黎郎拉着竹影的手说："你来得正好，这是我这几天写的计划。"

"计划？"

"是呀，是我们未来的蓝图！"阿黎郎把手中的图纸抖开，一张规划图在竹影的眼前展开。

"你看，这是雕刻工艺品店，这是第一步，也就是我现在正在装修的小店。预计在三年内赚回成本，五年后再开一到两家连锁店，主要经营工艺品和咖啡店。"阿黎郎指了指规划图详细地向竹影介绍道，"这里是后街的几家店铺，这几年一直经营得不好，我准备把它们盘下来，然后再联合其他几家商铺，把整条街都建成工艺品特色街！"

阿黎郎有条不紊地说，竹影耐心地听着，就像小时候，她总是他忠实的聆听者，并不时地鼓励他和帮助他。

"那么海滨的那家店怎么办呢？"竹影忽然想起大学城旁边的风筝店。

"就作为勐巴拉的分店吧，我这次回勐巴拉，已拜托了一位同学照看小店。以后我还要在其他城市开设分店，吸引全国各地的游客来勐巴拉旅游购物，带动勐巴拉的旅游业！"

好个阿黎郎！真是有志气，又有实施的方向，竹影真想陪伴在他身边，做他的助手和参谋，可是现在……

竹影想了想又问他："你真的不想回鲁南？你的父母可都在那儿呢！"她还想说，还有苏末儿呢，但她的心又开始痛了起来。

"这是我自己的事！再说，我在鲁南的时候就与父母谈了我要回勐巴拉发展的打算。"

竹影觉得应该跟阿黎郎好好谈谈了，于是她轻轻地说："你的计划很好，但如果你真的决定这么去做，那么就下决心去做，不过要征得你父母的同意！"

"我不愿意做个现成的'富二代'，何况他们的事业里掺杂了太多别的因素！"阿黎郎特意没提苏末儿家的资助，他怕刺激竹影。

"苏末儿"，两个人都刻意回避这个名字，竹影苦笑了一下，缓缓地说：

"其实我和你一样忘不了小时候我们的两小无猜，忘不了我们的患难与共，更忘不了儿时的诺言和理想。但经过那么多年的风雨，你我都有了很大的变化，特别是这一年多的经历，让我徘徊和痛苦，也让我清醒。"

阿黎郎边说，边拉着竹影的手走到屋角，拿出一只粉色的风筝深情地说，"你看，这就是去年你来勐巴拉时留下的风筝，我一直珍藏着，也是我的动力！我把对你的爱全部留在生命里，直至永远！"

竹影的眼睛里滚动着热泪，她很想放声大哭一场，但是她不能，她这次来是与阿黎郎做个了断的。

竹影想了想对阿黎郎说："苏末儿她在高中和大学这段最美好的时光里陪伴了你，用最美丽的年华陪你走过了最暗淡的日子。尤其是她们家给了你们家很大的支持，你应该好好珍惜她，不要辜负你父母对你的期望！"

听到这里，阿黎郎拉着竹影的手急切地问："是不是我妈妈去找过你了？是不是她跟你说了什么？"

竹影不知应该是点头还是摇头，她很想把苏末儿怀孕的事告诉他，但她说不出口。她也很想问一下阿黎郎，他与苏末儿到底是怎么回事？可她问不出口！现在无论她如何受伤和心疼，她都必须冷静，这样的冷静让自己都觉得可怕。

她强压泪水对阿黎郎说："希望你冷静地想一想，爱情是两个人的事，可婚姻不仅是两个人的事，还是两个家庭的事，试想一下没有父母祝福的婚姻会维持多久？"

很多年后，竹影每每回想这段情景，都要一次次问自己，这样的放弃对吗？她记得柏拉图说过："有些失去是注定的，有些缘分是永远不会有结果的。"

而此刻，竹影对阿黎郎说："阿黎郎，已经很晚了，我要回宾馆去休息，明天再说吧！"竹影显得非常疲惫。

"瞧我，只顾说话，我们还没吃饭呢！"阿黎郎拉起竹影的手，抱歉地说，

"先去吃饭,然后我送你回宾馆,我这里还没装修好,等装修好,以后你就不用住宾馆了!"

以后?我还会在这里吗?竹影微微地颤抖了一下。

五十二、我在勐巴拉等你

夜深了,竹影独自一人站在宾馆的窗前,下午的一幕仍在脑海里继续。深深的苍穹中,月光淡淡,星光点点。竹影仰望天空,从来没感到今晚的夜色如此优美,她不禁又有些伤感起来。

隔壁客房的阳台上不知是谁吹来阵阵笛子声,那忧伤而又美妙的旋律,时而委婉,时而激越,时而深沉,时而轻快。竹影听了不由一怔,如此熟悉的笛声仿佛是吹给自己听的。

《蓝色的爱情》! 竹影猛地想起这首笛子曲了,一下子跳了起来,冲到隔壁房间,房门虚掩着,好像房间的主人知道她要到来。

月光下,吹笛人背靠房间,面朝窗外的小河,笛音伴着流淌的水声,清澈的旋律扣动着心里每一根弦。竹影轻轻走到跟前,问了一声:"薛亮,你怎么来了?"

笛声戛然而止,薛亮缓缓转过身,淡淡地说了一句:"你母亲不放心你,让我来勐巴拉陪你!"

又是一个"陪"字! 竹影看着眼前这位默默无语的大男孩,不由得一阵心疼,四年前就是这个"陪"字,无怨无悔地陪伴了她整个大学时代,可他等来的是什么呢?

"其实，这些年来，你最对不起的人是薛亮！"这是好友韩梦露的声音。

"孩子，真正的爱情是能为对方无私地付出！"那是妈妈的声音。

薛亮看见竹影呆呆地望着他，轻轻说了声："很晚了，去休息吧！"

竹影的脑子一下子清醒了很多，轻声说了句："是该好好休息了！"话未完，眼泪不由自主地流下来。

"哭吧，哭出来就好！"薛亮上前扶着竹影的肩膀，轻轻地拍打着。

憋了好久的眼泪终于流出来了，从来没有这么尽情地流过……

许久，竹影边擦着眼泪边对薛亮说："明天我准备回海滨了。"

"这么快？"薛亮问，"阿黎郎会同意你回去吗？"他还是第一次提到阿黎郎的名字，尽管是那么轻，但还是清清楚楚传到竹影的耳里。

"我已经想清楚了，这事不能再拖了，明天一定回去！"竹影坚定地说，她想回去尽快把出国签证办好，然后出国离这儿远远的，让阿黎郎永远找不到。

"好吧，明天一早我先去订机票！"薛亮送竹影回到了她的房间，扶着她躺在床上，帮她盖好被子，轻声说："好好睡一觉，一切都会过去的！"

清晨，竹影很早就起来了，昨晚一夜没睡好，想起昨天下午跟阿黎郎的谈话。她亲眼看着阿黎郎谈他未来的计划，热辣辣地正在兴头上，她实在不忍心给他当头一盆冷水，但有些话又不得不说。她想了很久，走到桌前拿起纸和笔写了起来。

"你怎么来了？不是说好我去宾馆接你的吗？"远远地阿黎郎看到竹影就高兴地跳起来。

"阿黎郎，好久没看到芍药花了，勐巴拉还有这花吗？"竹影实在不忍心打破沉浸在美梦中的阿黎郎，于是扯开了话题。

"现在已经过了芍药花的花期，也许零零星星的花还开着，我帮你去找找！"阿黎郎笑呵呵地走出门，边走边吩咐竹影，"我马上就回来，等着我！"

竹影看着阿黎郎的身影渐渐远了，看来下决心的时候到了，竹影拿出纸条，看了又看，然后把脖子上的那块玉轻轻地取下放在纸条上，悄悄地走了。

又是一个盛夏，竹影离开了小镇，孤独一人，她一头扎进热带烟雨，不带走一丝一毫。她频频回首翘望烟雨中的古镇，再看一眼吧，此生，也许恐怕再也不会来勐巴拉了，留下的故事全部定格在这个回来又离开的夏季。

阿黎郎在外面捧了一大把芍药花，兴冲冲走进屋来，还没进门就大叫："快看，这么美丽的芍药花！"

　　屋里静悄悄的，阿黎郎急忙放下芍药花，里屋外屋找了个遍，哪里还有竹影的影子？他慌了，连忙高喊："竹影，你在哪里？"

　　他的眼光很快停留在桌上，只见一块玉佩发出白白的亮光，是他送给她的玉佩！他急忙上前拿起玉佩，上面分明还留着竹影的体温，玉佩下面压着一张纸，一阵风吹来，发出轻轻的声响，阿黎郎抽出纸一看，几行熟悉的字像行云流水般地出现在他眼前：

　　"阿黎郎，这次我来勐巴拉是向你告别的，我最终还是选择了出国留学。苏末儿怀孕了，我不知道你们之间究竟发生了什么？但我知道你是个善良的男孩，会负起一个男人应有的责任！好好爱苏末儿，她和她的全家为你家付出了那么多。我走了，不要难过，也许这就是命！"

　　"什么？苏末儿怀孕了？我怎么不知道？会不会又是苏末儿在捣鬼？还是母亲？……"阿黎郎突然想起在鲁南他和苏末儿那难堪的一夜，他的脑子一片空白，这才明白离开鲁南时，母亲对他说过："不管你怎么反对，我一定会让你娶苏末儿的！"

　　"竹影！"阿黎郎跺了一下脚，转身奔到马圈里，翻身上马，猛地抽了一鞭，白马飞跑起来。

　　"竹影，你在哪儿？"阿黎郎觉得他的世界一片漆黑。

　　白马在飞驰，阿黎郎的心在流血。远远地，阿黎郎看见汽车已经启动了，白马疾步飞到车窗前高喊："竹影！"

　　坐在窗前的竹影猛听到有人喊，连忙转过身去看，只见一个人影在马背上飞舞着手臂朝着她高喊："竹影！"

　　是阿黎郎的声音！竹影想伸出手去，但还是忍住了，可眼眶里滚滚热泪再也忍不住涌了出来。薛亮怕她倒下去，紧紧扶住竹影的双肩，竹影双手捂住满脸的泪水无力地靠在薛亮的肩上。

　　车轮飞快地转着，车窗外的人和景都迅速往后倒退着，阿黎郎的白马也飞跑着，就在马蹄要靠上车轮的那一刻，竹影分明听见阿黎郎高喊了一句：

　　"竹影，我——在——勐——巴——拉——等——你！"

　　车轮无情地朝前飞快驰去，窗外的景色开始模糊了，远处仿佛又传来阿黎郎那首伤感委婉、扣人心弦的歌声：

我在
勐巴拉等你

你的一个转身
留下一行为我伫立的脚印
泥泞地弯弯曲曲伸向远方
心依旧，人已隔天涯
风吹起的时候
思念的长线紧握手中
漫天的飞花
飘远了粉色的风筝
却拒载了多情的我
我的世界一片荒芜

多少次我们梦里相会
我捧起你的脸庞
你那深情而又忧伤的眼神
落入我的心里缓缓流淌
这是一座没有你的古镇
曾经的倩影是我的守候
我在最初相遇的地方
追寻遗落的足迹
我该如何找到你
我最心爱的姑娘

今夜，柔情的风轻拂着我
犹如你那温柔的双眸
在我的山水里
勾画出勐巴拉纳西
曾经的誓言
在你转身的瞬间
点亮了我心中的航程

我把心愿组成一串串音符
在那棵与你相拥的大树下
依旧是我深情的守候
……………

尾声

几十年后,在云南勐巴拉的某家咖啡店门口,来了一位已是两鬓白发的老奶奶,她身边还有一个活泼的小女孩,女孩指着店门口的招牌问:

"奶奶,你看这名字好怪呀!"小女孩一字一顿地念了起来,"'我——在——勐——巴——拉——等——你'!"

老奶奶久久看着这几个字,眼睛里渐渐地闪出泪花,耳朵里仿佛又响起了当年她离开勐巴拉时,阿黎郎朝她高喊的最后一句话:"我——在——勐——巴——拉——等——你!"

"奶奶,我们进去看看好吗?"小姑娘恳求道。

老奶奶迟疑了一下后,还是点了点头。

此刻正是下午,咖啡店里顾客不是很多,周围的灯光似乎开得很暗,空调里吹着一股清新的风朝着每一位来客拂来。

"奶奶,你看!"快步走在前面的小女孩拉着老奶奶的手指着对面的墙壁惊奇地叫了起来。

原来正面墙上挂着很大一幅雕刻画,画上一匹白马正昂首挺胸,马背上骑着一前一后两个孩子,他们手里还抱着一个大大的风筝。画的正面刻着几个龙飞凤舞的大字"我——在——勐——巴——拉——等——你"。

就是它,就是这幅雕刻画!让人魂牵梦绕几十年的画,每每在画前驻足,醒来却发现是大梦一场。如今,竹影真真切切站在雕刻画的前面,一切就好像发生在昨天,又好像发生在梦里。

"奶奶,前面那个还是个女孩呢!真勇敢!"小女孩的啧啧声打断了竹影的思绪。

"不是她勇敢,而是后面的男孩在帮助她、支持她,所以她才会这么勇敢的。"老奶奶说着说着,一串亮晶晶的东西从眼角边滚了出来。

"奶奶,你怎么知道的?"小女孩好奇地问。

"我来告诉你吧!"突然从后面走出一个小男孩,大大咧咧地说:"那马背上的女孩很瘦小,嗯,就像你一样。"

小男孩比画了一下小女孩的个子,然后笑着说:"比我矮半个头,她怎么也爬不上马背,于是那个男孩抱着她硬是爬上去的!"

"你怎么知道?是不是你编出来的?"小女孩嘟起嘴巴不服气地说,"我才不信呢!"

"骗你是小狗!"小男孩一脸严肃地说,"是我爷爷说的,这个故事我已经听了几十遍了!"

"你爷爷?"老奶奶慈祥地望着小男孩问,"这幅雕刻是不是你爷爷刻的?"

"对,是我爷爷刻的。"小男孩自豪地回答,"我爷爷可是勐巴拉著名的雕刻家!"

"难道你就是阿黎郎的孙子?"老奶奶抚摸着小男孩的头说,"都这么大了!"

"你怎么知道我爷爷的小名?你认识我爷爷?"这下轮到小男孩惊奇了。

"小宝,你在干吗?"这时,店后面走来一位老人,边走边问,"小宝,你这是在跟谁说话呀?"

"爷爷,我在这儿呢!"小男孩立马转身朝老人走去,嘴里还不停地说,"爷爷,你快来呀,这里有位老奶奶知道你的名字呢!"

"呵呵,我的名字谁不知道呀,都叫了几十年了!"老人牵着小宝的手笑呵呵地走到小女孩跟前。

"她叫你阿黎郎呢！"小宝指着老奶奶告诉身边的爷爷。

"阿黎郎"三个字像电击一样，老人顿时站住了脚，呈现在他面前的是一张饱经沧桑的脸，阿黎郎从上到下，再从下到上打量着老奶奶，尽管岁月在这张脸上刻下了许多皱纹，但他还是从这张脸上找到当年竹影的依稀影子。很久，他才发出一个战战兢兢的声音："竹影，真的是你呀！"

老奶奶点点头，眼眶里的热泪此刻再也止不住了，一个劲地往外流着。

"我——在——勐——巴——拉——等——你！"这句话让这对老人苍老的双手终于在几十年后再一次紧紧地握在一起，阿黎郎和竹影老泪纵横。

许久，他们才慢慢缓过来，惊得一旁的小宝和小女孩一愣一愣的，一句话也说不出来。

"这是你的孙女？"阿黎郎指着小女孩问竹影。

竹影点点说："是的。"然后她对小女孩说，"小影，快叫高爷爷！"

"小影？"

"是呀，从会走路开始，她就老是跟我后面，我到哪儿，她就跟到哪儿，所以就起了个名字叫'小影'。"

"高爷爷好！"小影的嘴巴真甜，见了谁都不陌生。

"好好好！"阿黎郎笑得合不拢嘴，指着小宝说，"这是我的孙子！"

"知道，知道，刚才小宝已经自我介绍过了。"

"奶奶好！"小宝也不甘落后地叫道。

"哎呀，今天小宝怎么那么乖呀！"阿黎郎哈哈大笑起来。

"小宝今年几岁了呀？"竹影一把拉过小宝问道。

"十二岁了，调皮得不得了！"

"比我家小影大两岁，难道比你当年还调皮？"

"瞧你说的！"

两个人不停地问着、说着，竟把两个孩子晾在一边，急得小影对竹影说："奶奶，小宝哥说要带我到外面去玩！"

"好吧，你们去吧，注意安全！"

"知道啦！有我在，保证丢不了小影！"小宝见竹影答应，拉起小影一蹦一跳朝外面去了。

"记得当年我来勐巴拉时你跟小宝一样大！"竹影笑着目送两个孩子

出去。

阿黎郎招呼竹影在靠窗的一张桌子边坐了下来。

"薛亮呢？没跟你一起来勐巴拉？"

"没有。当年我们国外留学回来后，就回到海滨大学教学。退休以后，他还到处讲学，最近又到国外一所大学作学者访问去了。本来我也一起去的，可是这小尾巴，让我脱不开身呀！"

"我知道你会来的，一直在等，想不到这一等就是几十年呀！"阿黎郎真是无比感慨。

"这次社区组织老年人来勐巴拉旅游观光，几个老姐妹一起鼓动我来，于是我就拖了这个小尾巴一起来了。"

"好，来得好呀！"

"你一直住在勐巴拉？"

"当年你走之后，我就一直没离开过勐巴拉，因为在这里有我儿时的梦，有我的期待……"

"那么苏末儿呢？"竹影说话还是那么婉转，想了想才问道，"她没跟你一起来勐巴拉？"

"她起先不肯来，我对她说，为了孩子，我可以给你名分，但我不会回鲁南，因为那里的一切让我恶心！我也不会花你家一分钱，因为我有一双手，我的梦在勐巴拉，你看着办吧！她没办法也只好跟着一起来了。"

"她还好吗？"竹影小心翼翼地问。

"她呀，好着呢！"阿黎郎笑着摇摇头回答，"其实我并不想为难她，她再在鲁南待下去，只会毁了她。这点得到了她父亲强烈的支持！"

说起岳父苏博超，阿黎郎心里还是充满了怀念和敬意，他告诉竹影："新婚那天夜里，我躲到纳西姥姥的屋里整整痛哭了一夜，后来她父亲劝我，作为末儿的父亲，我希望你能好好待她，虽然末儿的脾气不好，甚至有点霸道，但她的心地不坏；对于林家，我和你一样，对她们母女俩的亏欠，这辈子都无法偿还，只有等来世了！"

听到这里，竹影的眼眶里闪着晶莹的泪水，但还是淡淡地问："苏末儿在勐巴拉住得惯吗？"

"她后来继承了她母亲的董事长职务，儿子继承了外公的总经理职务，一年

有大半年在国外待着,所以她在勐巴拉待的日子只有四五个月。"

竹影闻声松了一口气,微笑地说:"这已经是难为她了,毕竟她曾经是大小姐呀!"

"那么多年过去了,韩梦露和何子骞呢?"阿黎郎想起了当年那个叫做韩梦露的冒失女孩。

"他们两个呀,出国后就留在国外工作了,退休之后又回国定居了,叶落归根嘛!"竹影笑着问阿黎郎:"怎么了?是不是还想着当年他们为什么没来找你算账?"

"其实,我真的很希望他们来找我算账,至少我有个解释的机会,也让他们替你出出气!"

"是我没告诉他们,否则说不定真会闹出点什么事来呢!"

一切都过去了,岁月真能冲淡所有,两位老人好像在谈论别人的事,显得那么平静和坦然。

阿黎郎笑了笑说:"说了半天,还让你干坐呢,咖啡还是泡茶?"

"咖啡吧。"竹影淡淡地回答。

阿黎郎对服务员说:"来两杯爱尔兰咖啡!"

"爱尔兰咖啡?"竹影惊奇地问,"现在勐巴拉也有爱尔兰咖啡了?"

"我在勐巴拉开了好几家连锁店,有雕刻店,还有咖啡店,当然我开咖啡店的宗旨,就是一定要有爱尔兰咖啡!"

竹影无语了。

时光一下子浓缩了几十年,还是像以往那样,一个缓缓地讲,一个静静地听,聊自己的事业、家庭和孩子……一直到太阳西下。

"时间不早了,我们要回去了。"竹影一看快傍晚了,起身告别道。

竹影走到门口问:"两个孩子呢?"

这时阿黎郎才发现两个孩子玩得还没踪影呢,于是扯着嗓子叫道:"小宝,快回来!"

"哎!来了!"小宝的声音在山脚下回荡着,不一会儿,只见一匹白马飞驰在他们的面前。

夕阳下,白马上骑着两个孩子,小影在前,小宝在后,一道金色的霞光直直地射在两个孩子稚嫩的身上。

竹影和阿黎郎都愣住了,这是时光倒流还是当年镜头的回放?

"奶奶,你看,这是小宝哥送我的风筝!"小影从马背上下来,递给竹影一个大大的风筝。

也是一只粉色的风筝,只是风筝上没有写着大大的"药"字,而是写着"我在勐巴拉等你"。

竹影的手不由得颤抖起来,轻轻地抚摸着对小宝的头说:"你真是个乖孩子!"

阿黎郎依依不舍地把她们送到镇口,紧紧握着竹影的手问:"以后我们还会见面吗?"

"会的,会的!"竹影连连点头。

镇口,两位老人挥了挥手,道一声珍重,然后牵着各自孙儿的手,回到各自生活的轨迹,不用相约,更不用期待,一切都像当初相识一样,彼此有那么一份牵挂就足够……

镇口,两个孩子拉了又拉手,互相叮嘱:

"你一定要再来勐巴拉!"

"我在海滨等你一起上大学!"

镇口,竹影终于回身对阿黎郎大声说:"送小宝到海滨市来上学吧,别让孩子们等得太久!"

"放心吧,我一定送他来!"

一年后,阿黎郎真的送小宝来到海滨市上学,苏末儿买下了当年阿黎郎在海滨大学附近开店的那幢楼,她总算结束了她几十年又爱又恨的勐巴拉生活,一起跟儿子、儿媳和孙子回到了她久违的城市。

几年后,小宝和小影都考上了海滨大学,就像当年的竹影和薛亮一样,一个在计算机系,一个在管理系学习。从此,这两个身影再也没有分开过。而阿黎郎一个人又回到了勐巴拉,他已经习惯了勐巴拉的生活,也习惯了在勐巴拉的等待。每年夏天,竹影和薛亮都会带着小宝和小影一起去勐巴拉看望阿黎郎。

"奶奶,你当年是不是很爱高爷爷?"

"爷爷,你当年为什么没跟竹影奶奶在一起呀?"

当两个孩子常常向两位老人提出相似的问题时,竹影总是笑着回答:"有时

候放弃也是一种爱！"

阿黎郎的回答是："爱情的次数并不是越多越好，一生只要一次刻骨铭心就可以了。因此要珍惜眼前的幸福，如果错过了，也许就永远地错过了。"

小宝点点头，似有所悟。

若干年以后，小宝和小影终于步入婚礼的殿堂，小宝亲手给小影带上了那块祖传的玉佩，后来他们给他们的孩子起名为"影黎"。